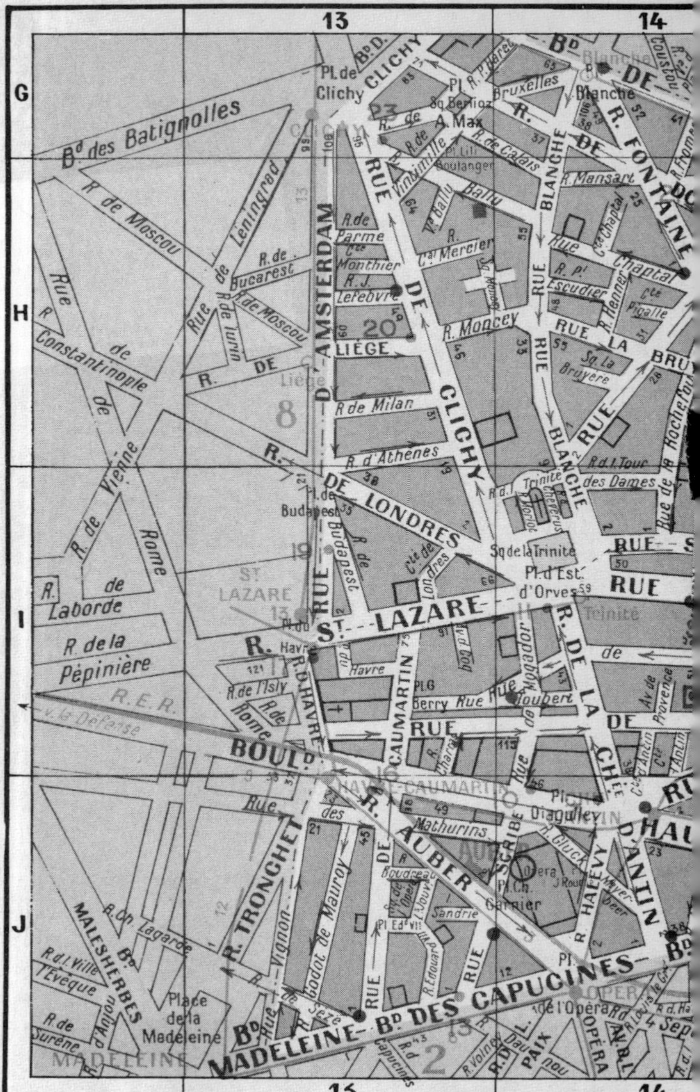

13
14
G
H
I
J
15
Bd des Batignolles
Pl. de Clichy
CLICHY
R. de Moscou
R. de Leningrad
R. de Bucarest
R. de Turin
Rue de Constantinople
R. de Vienne
Rome
R. de Laborde
R. de la Pépinière
R.E.R.
v. la Défense
RUE D'AMSTERDAM
LIÈGE
R. DE LIÈGE
R. de Milan
R. d'Athènes
R. DE LONDRES
Pl. de Budapest
R. de Budapest
ST LAZARE
RUE ST-LAZARE
Pl. du Havre
R. du HAVRE
R. de l'Isly
R. de Rome
BOULD HAUSSMANN
HAVRE-CAUMARTIN
R. CAUMARTIN
Pl. G Berry
Rue Joubert
R. de Mogador
R. DE LA CHÉE D'ANTIN
R. des Mathurins
R. AUBER
R. SCRIBE
R. HALÉVY
R. Gluck
Pl. Ch. Garnier
Pl. de l'Opéra
OPÉRA
Bd DES CAPUCINES
Bd MADELEINE
R. TRONCHET
R. Vignon
R. Godot de Mauroy
Pl. Edd VII
Sandrié
R. Boudreau
Place de la Madeleine
MADELEINE
Bd MALESHERBES
R. Ch. Lagarde
R. d. l. Ville l'Evêque
R. de Surène
R. d'Anjou
R. de Sèze
RUE DE CLICHY
Sq. de la Trinité
Trinité
Pl. d'Est. d'Orves
R. Blanche
Blanche
Bd DE CLICHY
R. FONTAINE
R. de Bruxelles
Sq. Berlioz
Pl. A. Max
R. de Calais
R. de Vintimille
R. Mansart
R. Ballu
R. Chaptal
Cité Chaptal
R. Moncey
R. de Parme
Cité Monthier
R. J. Lefebvre
R. Henner
Cité Pigalle
RUE LA BRUYÈRE
Sq. La Bruyère
R. d. l. Tour des Dames
Rue de la Rochefoucauld
R. Pl Escudier
Av. de Provence
PAIX
Rue de Provence
R. Meyerbeer

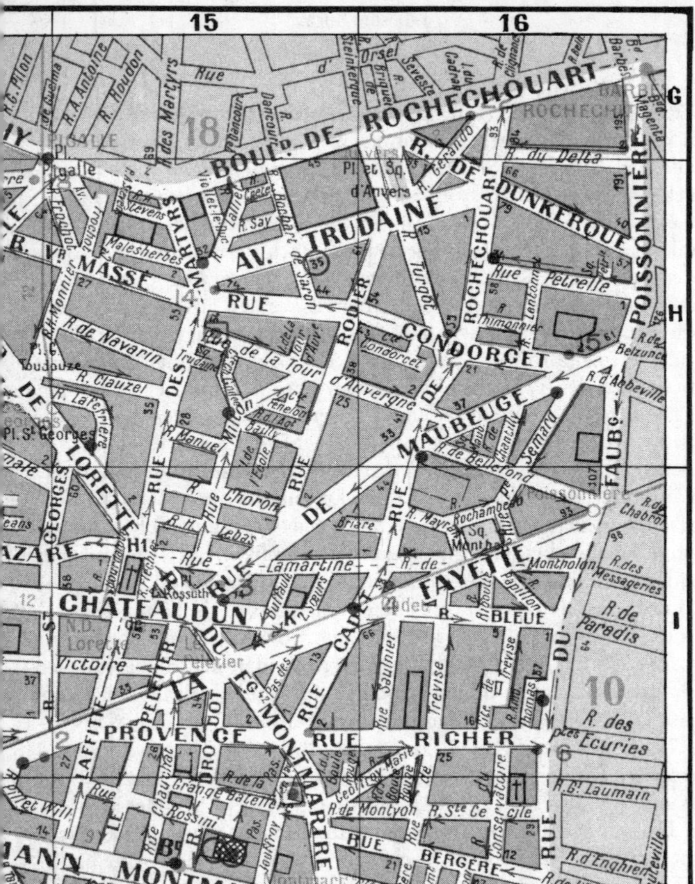

9e ARRONDISSEMENT
OPÉRA
Echelle
0
500 M
Limite de Quartier
15
16
G
H
I
J
18
10
BOULD-DE-ROCHECHOUART
R. DE DUNKERQUE
AV. TRUDAINE
ROCHECHOUART
POISSONNIÈRE
RUE CONDORCET
RUE DE MAUBEUGE
RUE RODIER
RUE DES MARTYRS
RUE MILTON
R. de Navarin
R. Clauzel
R. Manuel
R. Choron
R. Lamartine
R. de Bellefond
Rochambeau
Sq. Montholon
R. Montholon
FAUBG
RUE DU FG POISSONNIÈRE
RUE LA FAYETTE
RUE CADET
RUE BLEUE
R. de Paradis
R. des Messageries
R. des Ecuries
RUE RICHER
RUE BERGÈRE
R. Geoffroy-Marie
R. de Montyon
R. Ste Cécile
Conservatoire
R. Sauinier
Trévise
CHATEAUDUN
RUE DU FG MONTMARTRE
PROVENCE
LAFFITTE
DROUOT
R. de la Grange Batelière
Rossini
MONTMARTRE-POISSONNIÈRE
ITALIENS
Bd BNE NOUVLLE
R. d'Uzès
R. St Fiacre
R. du Sentier
R. d. Jeûneurs
Beauregard
R. de l'Echiquier
R. d'Enghien
R. d'Hauteville
R. Gt Laumain
LORETTE
GEORGES
Pl. St Georges
MASSÉ
R. VR
Pl. Pigalle
Malesherbes
Pl. et Sq. d'Anvers
R. Turgot
R. de la Tour d'Auvergne
R. Pétrelle
R. du Delta
R. d'Abbeville
R. de Chabrol
LAZARE
Victoire
PELETIER
R. Lebas
Briare
R. Mayran

Zu diesem Buch

„Streß um Strapse" spielt im 9. Arrondissement von Paris. Russinnen mit dunkler Vergangenheit, einfache Wäschegeschäfte an Prachtboulevards und selbst Skelette dort, wo sie nicht hingehören – Privatdetektiv Nestor Burma stößt auf immer neue Überraschungen.

Léo Malet, geboren am 7. März 1909 in Montpellier, wurde dort Bankangestellter, ging in jungen Jahren nach Paris, schlug sich dort unter dem Einfluß der Surrealisten als Chansonnier und „Vagabund" durch und begann zu schreiben. Zu seinen Förderern gehörte auch Paul Éluard. Eines von Malets Gedichten trägt den bezeichnenden Titel „Brüll das Leben an". Der Zyklus seiner Kriminalromane um den Privatdetektiv Nestor Burma – mit der reizvollen Idee, jede Folge in einem anderen Pariser Arrondissement spielen zu lassen – wurde bald zur Legende. René Magritte schrieb Malet, er habe den Surrealismus in den Kriminalroman hinübergerettet. „Während in Amerika der Privatdetektiv immer auch etwas Missionarisches an sich hat und seine Aufträge als Feldzüge, sich selbst als einzige Rettung begreift, gleichsam stellvertretend für Gott und sein Land, ist die gallische Variante, wie sie sich in Burma widerspiegelt, weitaus gelassener, auf spöttische Art eigenbrötlerisch, augenzwinkernd jakobinisch. Er ist Individualist von Natur aus und ganz selbstverständlich, ein geselliger Anarchist, der sich nicht von der Welt zurückzuziehen braucht, weil er sie – und sie ihn – nicht versteht. Wo Marlowe und Konsorten die Einsamkeit der Whiskyflasche suchen, geht Burma ins nächste Bistro und streift durch die Gassen" („Rheinischer Merkur"). 1948 erhielt Malet den „Grand Prix du Club des Détectives", 1958 den „Großen Preis des schwarzen Humors". Mehrere seiner Kriminalromane wurden auch verfilmt; unter anderen spielte Michel Serrault den Detektiv Burma. In der Reihe der rororo-Taschenbücher liegen bereits vor: „Bilder bluten nicht" (Nr. 12592), „Stoff für viele Leichen" (Nr. 12593), „Marais-Fieber" (Nr. 12684), „Spur ins Ghetto" (Nr. 12685), „Bambule am Boul' Mich'" (Nr. 12769), „Die Nächte von St. Germain" (Nr. 12770) und „lorrida auf den Champs-Élysées" (Nr. 12436).

Léo Malet

Streß um Strapse

Krimi aus Paris

Aus dem Französischen
von Hans-Joachim Hartstein

Rowohlt

Malets Geheimnisse von Paris

Les Nouveaux Mystères de Paris

Herausgegeben von
Pierrette Letondor und Peter Stephan

9. Arrondissement

Veröffentlicht im Rowohlt Taschenbuch Verlag GmbH,
Reinbek bei Hamburg, März 1991

Abdruck der Karten mit freundlicher Genehmigung
der Éditions L'INDISPENSABLE, Paris
Umschlagillustration Detlef Surrey
Umschlagtypographie Walter Hellmann
Gesamtherstellung Clausen & Bosse, Leck
Printed in Germany
780-ISBN 3 499 12435 1

1

Durch das geöffnete Fenster dringen Frühlingsdüfte und Geräusche der belebten Rue des Petits-Champs in die Räume der Agentur Fiat Lux, Nachforschungen aller Art und vertrauliche Aufträge, Direktor Nestor Burma.

Eine leichte Brise bewegt die beiden Fahnen, eine französische und eine britische, am Balkon über dem Bistro auf der anderen Straßenseite. Ein aufmerksamer Staatsbürger, gut organisiert und respektvoll gegenüber Bräuchen, Bewunderer der Queen und so weiter, hat es nicht für nötig gehalten, abzuflaggen; dabei ist Ihre Anmutige Majestät schon vor mehreren Tagen abgereist.

Pfeife im Mund und Glas in Reichweite, rede ich mit meiner Sekretärin Hélène über ein anderes freudiges Ereignis. Es stand in der letzten Ausgabe des *Crépuscule*: Das Los der *Loterie nationale*, das wir uns zu gleichen Teilen gekauft haben, hat gewonnen. Jetzt können wir uns die Kohlen teilen, zwei Millionen.

Wir werden von dem Gebimmel an der Eingangstür unterbrochen. Jemand hat soeben das Vorraum-Wartezimmer betreten. Hélène seufzt mißmutig auf und macht ein langes Gesicht.

„Wenn Ihre Beine Sie noch tragen, *chérie*“, sage ich zu ihr, „dann sehen Sie doch mal nach.“

Sie seufzt wieder, erhebt sich, bringt mit anmutiger Geste ihr Haar in Ordnung und geht nach vorn. Kurz darauf kommt sie zurück und schließt die Polstertür hinter sich, lehnt sich mit dem Rücken dagegen. Sie zieht eine Grimasse, verdreht die Augen in Richtung Decke und sagt:

„Tja, so ist das.“

„So ist was?"

„Immer dasselbe. Wenn man auf Klienten wartet, kommt kein Schwanz. Aber wenn man gut drauf verzichten kann..."

„Ist ein Klient da?"

„Ja."

„Übliches Aussehen?"

„Unauffällig."

„Name?"

„Hat er nicht gesagt."

„Normalerweise fragen Sie danach."

„Normalerweise vielleicht. Heute ist aber nicht normal."

„Schon gut. Was will er?"

„Sie sehen. Die Leute sind zur Zeit ziemlich neugierig."

„Ja, der Besuch der Königin färbt ab..."

Ich klopfe meine Pfeife im Aschenbecher aus.

„Mich sehen! Mehr hat er nicht gesagt?"

„Nein."

„Na schön..."

Ich lasse Pfeife und Glas verschwinden, rücke meine Krawatte zurecht.

„Ich will mich nicht zieren wie 'ne Jungfrau. Und daß wir in der Lotterie gewonnen haben, ist für mich kein Grund, die Klienten rauszuschmeißen. Kommt zu mir, die ihr mühselig und beladen seid! Der Kerl soll reinkommen. Hoffentlich bin ich sein Typ."

Hélène dreht sich aufreizend seidenraschelnd um, öffnet die Tür und bittet den Unsichtbaren herein:

„Bitte, Monsieur."

Der Kerl kommt rein, wirft einen Rundblick um sich. Mit ein paar Schritten auf seinen kurzen Beinen steht er vor mir.

„Monsieur Burma?" erkundigt er sich. Etwas überflüssig.

Ich verbeuge mich.

„Höchstpersönlich."

„Angenehm..."

Er gibt Pfötchen. Eine weiche, zarte Hand, schlanke Finger, gepflegte Nägel, sehr weiß, sehr sauber. Kein Ehering. Überhaupt kein Ring.

„Sehr angenehm", steigert er sich. „Mein Name ist Goldy. Omer Goldy."

Gut gesagt. Wie aus der Pistole geschossen. Soll vielleicht Eindruck auf mich machen. Vielleicht auch nicht. Keine Ahnung.

„Setzen Sie sich doch bitte, Monsieur Goldy", fordere ich ihn auf.

Er setzt sich in einen Sessel. Sieht richtig zufrieden aus mit seinem Hut auf den Knien zwischen den zarten Fingerchen. Zu seiner Begrüßung bin ich aufgestanden. Jetzt setz ich mich wieder. Hélène ebenfalls, etwas abseits. Ihre Nylonstrümpfe glitzern frivol. Offensichtlich genieße ich als einziger gebührend das angenehme Schauspiel. Dabei springt es unserem Besucher direkt ins Auge. Aber Monsieur Omer Goldy scheint drauf zu pfeifen, auf Frauenbeine und alles, was damit zusammenhängt. Und damit hängt was zusammen, kann ich Ihnen sagen!

Monsieur Goldy ist ein kleines Männchen von rund fünfzig Jahren, graue Haut, graue Augen, graue Haare. Hélène hat recht: unauffällig. Wie sein dunkler Anzug, unaufdringlich bis zum Verblassen. Mit seiner altväterlichen Eleganz wirkt er wie ein Notar, leicht provinziell mit der glänzenden Paspel an den Revers seiner Jacke.

Bei näherem Hinsehen entdeckt man dunkle Ringe unter seinen Augen. Vielleicht hat er was am Herzen, oder er ist vor kurzem tüchtig verprügelt worden. So was soll vorkommen, auch in den friedlichen Fünfzigern.

„Wie ich Ihnen schon eben zu sagen die Ehre hatte, mein Name ist Goldy", sagt Goldy. „Omer Goldy."

Auf den Vornamen legt er Wert.

„Ich bin Diamantenhändler in der Rue La Fayette ..."

Freiwillig liefert er Hausnummer, Stockwerk und Telefonnummer.

Ich weiß nicht, nur so 'ne Idee, aber irgendwas sagt mir,

daß er selbst eine ziemlich komische Nummer ist. Bemüht sich redlich, Offenheit zu demonstrieren. Aber wie das in solchen Fällen immer ist: Ich hab den Eindruck, daß das nicht lange gutgehn wird.

„Sie übernehmen", fährt er fort, „... äh... vertrauliche Aufträge, nicht wahr, Monsieur? Und Sie übernehmen es doch auch, Auskünfte, ebenfalls vertraulicher Art, über Personen einzuholen?"

Ich nicke zustimmend und mache eine Handbewegung nach draußen:

„Wie es auf dem Schild an meiner Tür und auf meinen Visitenkarten steht."

„Ja, ja. Sehr gut..."

Auf die Gefahr hin, daß sein Hut auf den Boden fällt, läßt er ihn los und reibt sich die Hände... seine weißen, sauberen Hände, die bestimmt schon so manche Diamanten, Gemmen, andere Steine, Juwelen und den ganzen kostbaren Kram betastet haben – liebevoll oder nicht, je nach Wert. Für die dunklen Ringe um seine Augen habe ich jetzt eine andere Erklärung. Wahrscheinlich ist das kein Zeichen für einen Herzfehler. Öfter als es eigentlich gut für ihn ist (Arbeit verpflichtet!), klemmt er sich eine Lupe ins Auge. Mal in das eine, mal in das andere, damit kein Neid aufkommt. Ein ordentlicher, gewissenhafter Mensch.

„Sehr gut, sehr gut", wiederholt er.

Er hält sich wieder an seinem Hut fest und schweigt. Dann: „Kennen Sie einen Chinesen namens Tchang-Pou?"

„Nein. Muß man ihn kennen?"

„Nicht unbedingt. Es würde vielleicht Ihre Arbeit erleichtern. Vielleicht auch nicht. Ich weiß es nicht."

Er sieht mich an, als wolle er sagen:

„Und Sie?"

Da ich es auch nicht weiß, hülle ich mich in Schweigen.

„Schön", beginnt Goldy wieder. „Dieser Tchang-Pou hat ein Restaurant in der Rue de la Grange-Batelière."

„Ein Chinarestaurant?" tippe ich, um ihm eine Kostprobe

davon zu geben, zu welchen Schlußfolgerungen ich fähig bin. Und das im Frühling, mit dem großen Los in der Tasche.

„Ja..."

Er wirft mir einen erleuchteten Blick zu:

„Sie kennen es!"

„Soeben kennengelernt. In der Rue de la Grange-Batelière, sagen Sie?"

„Ganz in der Nähe des Faubourg Montmartre", fügt er nikkend hinzu. „Gleich um die Ecke."

Ich rufe mir diese Gegend von Paris ins Gedächtnis. Lächelnd trage ich zur Ortsangabe bei:

„Und in der Nähe der Folies-Bergère, stimmt's?"

„Hm... ja..."

Er zieht einen Mundwinkel hoch:

„Sie interessieren sich für die Folies-Bergère, Monsieur?"

Scheint es mir wohl zum Vorwurf zu machen. Würde mich nicht wundern, wenn ich ihn schockiert hätte. Klar, was soll man von so einem Kerl erwarten... einer, den Hélènes Beine kaltlassen.

Ich zucke die Achseln.

„Geht so. Hin und wieder mal. Aber... äh... Sie handeln doch mit Diamanten. Die Mädchen von den Folies-Bergère sind für so'n Klimbim zu haben. Weiß ich von meiner Freundin Yvonne Ménard... Da dachte ich..."

„... daß der Auftrag, den ich Ihnen anvertrauen möchte, etwas mit meinem Beruf zu tun hat?" beendet er den Satz.

„Ganz genau..."

„Ganz im Gegenteil", beendet er unmißverständlich, kategorisch das Thema.

Dann eben keine Diamanten. Ich seufze. Schade. Diamanten machen sich immer gut. Runden die Sache ab. Völliger Quatsch, daß Goldy in Diamanten macht, wenn er sie nicht ins Spiel bringt! Na ja, mir soll's egal sein. Hab sie nicht nötig.

„Na schön", sage ich. „Reden wir also nicht mehr von den Folies-Bergère, sondern wieder von diesem Peng oder Bumm..."

„Pou. Tchang-Pou."

„Wie Sie wollen. Hört sich alles gleich an. Ich höre, Monsieur Goldy."

„Folgendes: Ich möchte, daß Sie umfassende Auskünfte über ihn einholen."

„In welcher Richtung? Sind Sie mit seiner Küche nicht zufrieden?"

„Darum handelt es sich nicht."

„Entschuldigung. Sollte ein Scherz sein."

Ein Blick aus seinen grauen Augen mit den dunklen Ringen geben mir zu verstehen, daß er nicht zu Scherzen aufgelegt ist. Keine Diamanten, keine Scherze.

„Es geht also nicht um seine Küche. Kapiert. Worum geht es dann?" bohre ich weiter. „Verstehen Sie mich recht, Monsieur Goldy. Ich will Ihnen gern alle möglichen Auskünfte über diesen Chinesen besorgen. Hab gar kein Interesse daran, das Schild an meiner Tür zu blamieren. Ich liefere Ihnen gerne das komplette Sündenregister seit seiner Geburt, seines Lebens Inhaltsverzeichnis, wie der Dichter sagt. Nackt und bloß soll er vor Ihnen stehen, durchsichtig wie Glas. Aber ich würde gerne wissen, von wo aus ich starte und wohin ich marschiere. Wollen Sie ihn als Koch engagieren?"

Der Diamantenhändler seufzt:

„Sie scherzen ja immer noch."

„Nicht unbedingt", widerspreche ich, „nicht unbedingt."

„Ich muß Sie doch bitten..."

Er rutscht auf seinem Sessel hin und her.

„Sie bringen mich ganz aus dem Konzept. Meine Aufgabe ist so schon nicht einfach, und..."

Er denkt leise weiter und setzt wieder neu an:

„Ich möchte offen mit Ihnen reden..."

Auf diesen Satz warte ich schon die ganze Zeit. Jetzt heißt es: aufgepaßt! Ich ermutige ihn mit meinem schönsten Lächeln:

„Ja, Monsieur Goldy."

„Ich handle nicht in eigener Sache... Ich tue einem Freund

einen Gefallen... Er hat einen Sohn... und dieser Sohn hat Liebeskummer..."

„Hm."

„Es ist eine sehr komplizierte Angelegenheit... eine private Angelegenheit... sehr privat... Sie müssen verstehen... Ich muß auf eine gewisse Diskretion achten... Es gibt Dinge, die man sagen kann; andere nicht. Verstehen Sie?"

„Verstehe."

Aber hören Sie mal! Natürlich! Nestor Burma ist das personifizierte Verständnis. Um einen verständnisvolleren Typen aufzutreiben, muß man schon einige Kilometer weit laufen.

„Alles, was ich Ihnen sagen kann", läßt Goldy die Katze aus dem Sack, „ist folgendes: der junge Mann – der Sohn meines Freundes – ist durch diesen Chinesen in eine schmutzige Sache hineingezogen worden, wegen einer Frau... Und nun interessiert uns der Chinese", setzt er eilig hinzu, als er sieht, daß ich den Mund öffne. Höflich wie ich bin, will ich mich nach dieser Frau erkundigen. „Nur der Chinese. Im Augenblick. Sobald wir einige Auskünfte über ihn haben, werden wir weitersehen. Aber im Augenblick also nur der Chinese."

„Schön", sage ich. „Also nur der Chinese."

Monsieur Goldy wird noch etwas munterer.

„Es gibt Dinge, die man sagen kann; andere nicht", wiederholt er. „Aber was ich sagen kann... ja, ich glaube, das kann ich sagen... Ich meine, in welcher Richtung Sie Ihre Nachforschungen anstellen sollen. Natürlich wollen wir erschöpfende Auskunft über Tchang-Pou. Aber in einer ganz bestimmten Richtung."

Ich nicke wieder zustimmend.

„Wir wollen wissen, ob er Russen kennt, einen oder mehrere, und wenn ja, welche."

„Ein Chinese! Russen! Sind Sie sicher, daß Sie sich nicht besser mit der UNO in Verbindung setzen sollten?"

Er lächelt.

„Ich bewundere Ihre Schlagfertigkeit. Leider verfüge ich nicht über Vergleichbares..." Das Lächeln verschwindet.

„Für uns ist das sehr ernst, Monsieur Burma."

„Das glaub ich gern. Dann ist die besagte Frau also Russin? Und der Sohn Ihres Freundes ist dem slavischen Charme erlegen?"

Noch ein Schlag. Er läßt wieder seinen Hut los und breitet die Arme aus. Eine Geste der Mutlosigkeit und der Mißbilligung.

„Es gibt Dinge..."

„... die man sagen kann; andere nicht. Das wissen wir jetzt."

„Entschuldigen Sie, aber mehr kann ich Ihnen nicht sagen."

„Gut. Fassen wir zusammen: Tchang-Pou hat Umgang mit Russen, oder auch nicht. Wenn er welchen hat, würde es Ihrem Freund sehr viel nützen zu wissen, was das für Russen sind. Um seinem Sohn aus der Patsche zu helfen, in der er sitzt. Richtig?"

„Richtig. Sie müssen mich bitte entschuldigen, daß ich nicht deutlicher werden kann, aber..."

„Jaja, ich weiß. Und ich bin Ihnen deswegen auch nicht böse, Monsieur Goldy. Also, nicht über Sie oder Ihren Freund soll ich Nachforschungen anstellen, sondern über den Chinesen."

„Genau. Nehmen Sie an, Monsieur Burma?"

„Also, eigentlich... Lassen Sie mich mal überlegen..."

Ich tu so, als überlege ich, als zerplatze mir die Hirnschale. Natürlich gibt es gar nichts zu überlegen. Alles ist schon wohlüberlegt. Fühle mich sehr überlegen. Um mir die Zeit zu vertreiben, schiele ich nach Hélènes Beinen. Unter dem Rock schaut etwas Unterrock hervor. Sehr hübsch. Welche Dessous wird sie sich erst mit ihrer Million leisten können! Meine Augen reißen sich von den Beinen der hübschen Puppe los und kehren zu Monsieur Goldys Gesicht zurück. Welch ein Unterschied! Monsieur Goldy schwitzt leicht. Wenn ich ablehne, wird er alt aussehen vor seinem Freund. Aber ich lehne nicht ab. Ich räuspere mich.

„Also gut... ich nehme an."

„Oh! Vielen Dank, Monsieur Burma. Vielen Dank!"

Ich hebe die Hand:

„Ich nehme an, aber... Vorsicht! Wenn ich über den Chinesen zu der besagten Russin gekommen bin und Ihnen ihre Adresse gegeben habe... Was werden Sie dann tun? Sie, Ihr Freund oder der Sohn Ihres Freundes? Ich halte mich aus solchen Liebesdramen am liebsten raus. Meinen Sie nicht, daß man ihr den Spaß am Kaviar gründlich verderben wird? Wär gar nicht so güt für meinen Ruf, wenn's schlecht ausgeht. Einem meiner Kollegen ist das mal so gegangen, so um 1925. Hat einem gehörnten Ehemann alle möglichen Beweise für das Treiben seiner Frau geliefert. Ganz präzise sogar: morgen um die und die Zeit an dem und dem Ort wird sie sich mit ihrem Geliebten treffen. Der Mann geht zu dem Rendezvous und schießt die beiden Turteltauben über den Haufen. Mein Kollege hatte 'n Mordsärger und konnte sich arbeitslos melden. So was möchte ich nicht erleben."

„Das werden Sie auch nicht erleben."

„Kann man nie wissen!"

„Hören Sie", sagt der immer heftiger schwitzende Goldy. „Wir wissen selbst nicht, ob die Russen, mit denen Tchang-Pou eventuell zu tun hat... ob diese Russen also männlichen oder weiblichen Geschlechts sind."

„Ach! Das ist ja noch viel heikler... und viel gefährlicher..." Goldy seufzt.

„Schade, Monsieur Burma. Ich kann Ihnen leider nicht mehr sagen. Aber... Sie hatten den Auftrag angenommen. Ich sehe schon, daraus wird nichts."

„Doch, doch. Was ich sage, gilt immer. Nur... die Sache hat so einige Haken... durch die ich auf die Schnauze fallen könnte... Im allgemeinen bin ich so was nicht gewohnt bei den Fällen, die ich übernehme. Dafür muß ich Ihnen einen höheren Honorarsatz berechnen."

„Ach ja?"

„Oh ja."

„Natürlich, natürlich. Also, nennen Sie eine Summe, Monsieur Burma. Ich werd dann sehen, ob..."

„Zweihunderttausend scheint mir nicht übertrieben."

Er zuckt nicht mit der Wimper. Hélène wirft mir einen anerkennenden Blick zu. Richtig, Chef! Nur mit so einer Forderung können Sie sich den Menschen hier vom Hals schaffen. Im Moment können wir ganz bequem auf Klienten verzichten. Mit dem Geld von der *Loterie nationale*...

„Zweihunderttausend", murmelt Goldy, mehr zu sich selbst.

Jetzt ist er dran mit Nachdenken. Er runzelt die Stirn, seine schönen Hände bearbeiten den Hut. Dann hat er genug nachgedacht, Pro und Contra abgewägt.

„Einverstanden", sagt er und durchbohrt mich mit seinen grauen Augen.

Hélène seufzt. Innerlich muß sie den Kerl verfluchen. In diesem Fall hätte ein Geizhals bei ihr einen Punkt machen können.

„Einverstanden", wiederholt Goldy. „Das übersteigt nicht die finanziellen Mittel meines Freundes. Jedenfalls glaube ich, eine Zusage geben zu können. Ich werde es mit ihm besprechen. Allerdings jedoch... äh... ich habe den Betrag nicht bei mir... Konnte ja nicht wissen, nicht wahr... Aber ich werde eine nicht unbeträchtliche Anzahlung leisten..."

Er holt eine dicke Brieftasche aus seiner Jacke, klappt sie auf und legt achtzigtausend Francs auf den Schreibtisch.

„Die fehlenden hundertzwanzigtausend bekommen Sie spätestens morgen. Geht das?"

„Das geht sehr gut."

Ich bin etwas überrascht, daß jemand so viel Bares mit sich rumschleppt, laß mir aber nichts anmerken. Schließlich ist Bares besser als ein Scheck. Ein Scheck kann platzen. Kommt mir aber trotzdem ziemlich komisch vor. Na ja, egal... Ich streich die Mäuse ein.

„Hélène!"

„Ja, M'sieur?"

„Geben Sie Monsieur Goldy bitte eine Quittung. Über achtzigtausend Francs. Und bereiten Sie schon mal eine über den Restbetrag vor."

„Ja, M'sieur."

Sie setzt sich an die Schreibmaschine und fängt an zu tippen. Das geht wie geschmiert. Sie ist vor Wut ganz schön in Fahrt. Ich seh die Zeilen durch und reiche sie Goldy zum Unterzeichnen. Der hat wohl feuchte Hände bekommen. Bevor er sich einen Füller schnappt, wischt er sich die Hände mit einem Taschentuch ab. Dann unterschreibt er und geht dahin, woher er gekommen ist.

„So!" sage ich in die unheilvolle Stille hinein.

Hélène sagt keinen Ton. Sitzt wieder in ihrem Sessel und schmollt. Das sieht man an der Art, wie sie ihren Rock über die Knie gezogen hat. Wenn ich was zu sehen kriegen will, muß ich mir was anderes suchen. Ich hole Pfeife und Schnaps aus dem Versteck hervor, gieße mir zur Stärkung der Gedankengänge einen hinter die Binde und zünde meine Pfeife an. Hélène hüllt sich immer noch in vornehmes Schweigen. Dann aber explodiert sie plötzlich:

„Es ist also stärker als Sie, hm? Ob man in der *Loterie* gewinnt oder nicht, egal. Und ich dachte, man könnte mal Urlaub machen. Konnten Sie diesen Goldy nicht einfach zum Teufel jagen?"

„Mir gefällt er."

„Und mir *miß*fällt er."

„Das will ich schwer hoffen, *chérie*. Fehlte auch noch, daß Sie sich in den vergucken."

„Also wirklich, jetzt reicht's, ja? Wollen Sie sofort was draufkriegen oder später?"

„Worauf soll ich denn was kriegen?"

„Auf die Rübe. Sonst ist Ihnen ja nicht wohl und kein Auftrag komplett."

„Diesmal wird's nichts auf die Rübe geben."

„Wär das erste Mal. Ach! Zur Hölle mit dem Blödmann!"

„Mit welchem Blödmann?"

„Goldy."

„So blöd ist der gar nicht. Überhaupt nicht blöd, wenn Sie meine Meinung hören wollen."

„Nicht blöd? Reicht das für Sie nicht? Sie verlangen zweihundert Riesen für etwas, was höchstens fünfzig wert ist, und er sagt sofort ja. Und das soll kein Blödmann sein?"

„Er hat nicht sofort ja gesagt. Hat erst mal nachgedacht... lange nachgedacht... ob sich der Einsatz lohnt. Und genau das wollte ich wissen. Zweihundert Scheine rauszurücken, für Informationen über Chinesen, Russen oder Türken, männlich, weiblich oder beidseitig... ein Witz. Allerdings ein guter, wenn am Ende ein paar Milliarden dabei rauskommen. Zweihundert Riesen kann man wohl setzen. Sollte dieser Goldy an einem Wettbewerb für Märchenerzähler teilnehmen, meine Süße, schießt er bestimmt den Vogel ab. Zwar nicht sehr überzeugend, seine Märchen, aber auf jeden Fall gelogen..."

„Und worum geht es dann Ihrer Meinung nach?"

„Um alles mögliche, nur nicht um einen Freund mit Sohn mit Liebeskummer. Hab absichtlich diese Unsumme verlangt, um zu sehen, wie er reagiert. Er kann mir viel erzählen, aber die Räuberpistole hat was mit seinem Beruf zu tun. Diamantenhändler, das dürfen Sie nicht vergessen. Mit Diamanten kann man 'ne Menge anstellen. Er und sein Chinese sind bestimmt in irgendeinen Diamantencoup verwickelt."

„Angenommen, das stimmt. Was geht Sie das an?"

„Mich? Nichts."

„Dann lassen Sie's doch sausen. Wir brauchen Goldys Millionen nicht, um was zu essen zu kriegen."

„Essen! Und der Verstand, was ist mit dem?"

„Welcher Verstand? Ach ja, der Intellekt, die Lust am Geheimnis... Mit Leib und Seele dem Geheimnis verfallen."

„Warum nicht?"

„Und der Schlag auf den Hinterkopf?"

„Gehen Sie mir damit nicht auf den Wecker. Ist ja nicht

Ihrer. Dafür kommt nur meiner in Frage. Ich steh ganz oben auf der Liste."

Resigniert hebt meine Sekretärin die Schultern.

„Na schön! Wie Sie schon so richtig sagen: ist ja nicht meiner. Vielleicht haben Sie das gerne. Und es bereitet Ihnen besondere Gefühle."

2

Kurz darauf hat sich Hélène wieder beruhigt. Ihre launischen Kleinmädchen-Wutanfälle dauern nie sehr lange. Ich starte einige Telefonanrufe. Erst mal will ich wissen, wie lange man bei der *Loterie nationale* warten muß, um ans Geld zu kommen. Und dann beginne ich mit meinen Ermittlungen über Tchang-Pou und seine slawischen Verbindungen. Die Tips für die *Loterie nationale* sind leicht zu kriegen; ansonsten kommt nichts Gescheites dabei raus.

„Dann wollen wir uns doch mal dieses Restaurant von nahem ansehen, Hélène."

Sie hat nichts dagegen. Von der Rue des Petits-Champs zur Rue de la Grange-Batelière ist es nicht sehr weit. Wir gehen zu Fuß, zumal sich der Pariser Frühling – der schönste auf der ganzen Welt – hervorragend dafür eignet. Einige Kerle drehen sich nach dem hübschen Paar um. Hoffentlich nur wegen Hélène, obwohl... mit den ersten schönen Tagen... und dann in dieser Gegend...

Das gesuchte Lokal ist genau dort, wo Omer Goldy gesagt hat: Rue de la Grange-Batelière, zwischen Faubourg Montmartre und Passage Jouffroy. Es heißt *Concession-Internationale*. Über dem Vordach, zwischen der ersten und zweiten Etage, hängt vertikal ein Schild, gold und rot, bedeckt mit solchen Zeichen, wie meine Concierge sagt. Das Ganze aus Papier, das wie Stoff aussieht, oder aus Stoff, der wie Papier aussieht. Ein Restaurant wie alle andern, nur eben chinesisch. Sehr sauber und annehmbar, mit einem Hauch von Luxus. Eine Art Vitrine mit fremden Pflanzen leistet einem Aquarium Gesellschaft, in dem sich exotische Fische tummeln.

In einem goldglänzenden Kupferrahmen hängt die Speisenkarte. Ich geh näher ran und stelle fest, daß der Inhaber dieses Restaurants tatsächlich Tchang-Pou heißt.

Für den Augenblick wäre das alles. *Merci grandement*, wie Charlie Chan sagt. Heute abend kommen wir wieder, Schwalbennester probieren. Das ist *die* Gelegenheit. Heute oder nie!

* * *

Abends sind wir wieder zur Stelle.

Ich genieße das Huhn mit Mandeln, die Sojabohnensprossen in *sauce spéciale* und andere eigenartige Speisen. Dabei sehe ich mich im Lokal um. In den Chinarestaurants wird es immer Spaßvögel geben. Ich meine diese mitteleuropäischen Hornochsen, die um jeden Preis mit Stäbchen essen wollen. Nur wegen des Lokalkolorits. Und dabei können sie überhaupt nicht damit umgehen. Völlig unbegabt. Werfen mit Reiskörnern nur so um sich und scheinen es nicht mal zu merken. Im Gegensatz zu ihren direkten Tischnachbarn . . . Und dann trinken sie Rotwein dazu! Für's Lokalkolorit ein schwerer Schlag. Ich jedenfalls nehme eine Gabel. Hab nie gelernt, Essen zu stricken. Aber dazu schlürfe ich heißen Tee, um das Feuer an meinem Gaumen zu löschen, das die Gewürze gelegt haben.

Außer den schon erwähnten Hornochsen sitzen noch ein paar Touristen hier, asiatisch aussehende Studenten und nach Pigalle aussehende Kerle mit anständigen Muskelpaketen. Das müssen Globetrotter sein, Opfer internationaler Verwicklungen, früher mal Besitzer von Nachtklubs in Saigon, die nach dem Ende des Indochinakrieges hier gestrandet sind. Aber ich mach mir um sie keine Sorgen. Sehen nicht nach Clochards aus.

Hinter einem Vorhang dudelt eine schräge Musik. Sie ist zwar leise, zieht einem aber trotzdem den Magen zusammen. Ob das so gut ist für die Verdauung?

Die Kellner, natürlich alles Chinesen, flitzen in ihren blütenweißen Jacketts durch den Saal, bringen Reisschüsseln und

Teekännchen. Eine junge Chinesin in langer Seidenhose trippelt auf ihren winzigen Holzpantinen von Tisch zu Tisch und bietet diese bunten Papierblumen an, die ihre Form bei jeder Bewegung verändern.

Tchang-Pou thront an der Kasse. Ich weiß, daß er es ist. Ein Stammgast hat ihm beim Hereinkommen ein dick aufgetragenes „Guten Abend, Monsieur Tchang-Pou“ zugeworfen. Ein sehr europäischer Chinese, dieser Tchang-Pou. Nicht mehr ganz neu; aber sein geheimnisvolles, sanftes, safrangelbes Vollmondgesicht weist kein Fältchen auf. Sein Anzug ist tadellos geschnitten; den Jackenaufschlag schmückt eine Blume, eine echte. Er macht einen verträumten Eindruck. Scheint gar nicht dort zu sitzen, zwei Schritte von den Folies-Bergère und den Boulevards entfernt. Man könnte meinen, er schwebe jenseits der Dritten Himmelspforte, im perlmutternen Reich der Lieblichen Glückseligkeiten. Aber vielleicht sollte man nicht seine Hand dafür ins Feuer legen.

Möchte wissen, welches Süppchen er außer denen in seinem Restaurant sonst noch kocht. Opium? Geschäfte mit gelbem Fleisch? Aber sofort blase ich mir den Marsch. Keine voreiligen Schlüsse, Nestor! Omer Goldy bezahlt dich dafür, daß du ihm Informationen über Tchang-Pou bringst. Und der Chinese ist noch der weniger undurchsichtige von beiden. Aber du wirst bezahlt. Also, mach deine Arbeit. Beschäftige dich mit diesem lausigen Pou, nimm seine Verbindungen unter die Lupe, sieh sie dir genau an, seine russischen Verbindungen. Daß ich nicht lache! Die russischen Verbindungen von Tchang-Pou! Wird wohl so was sein wie Goldys Freund oder der Sohn dieses Freundes mit seinem Liebeskummer. Alles Erfindungen des Diamantenhändlers. Will Auskünfte über Tchang-Pou. Welche genau? Weiß ich nicht. Zu welchem Zweck? Weiß ich auch nicht. Naja, egal. Werde versuchen, jedem was zu bieten für sein Geld.

Wir haben unsere Völlerei beendet. Ich trinke noch etwas Tee, um mir den Mund auszuspülen. Dann rufe ich den Kellner und zahle. Hélène zündet sich eine Zigarette an, ich eine

Pfeife. Wir nebeln uns ein wie ein Liebespaar, das sich nicht mehr viel zu sagen hat. Nach einer Weile tätschel ich meiner Begleiterin das Knie, stehe auf und gehe zu den Toiletten. Bei dieser Gelegenheit komme ich an dem unbeweglichen, maskenhaften Tchang-Pou vorbei. Schlecht zu sagen, ob er mich bemerkt oder nicht.

Neben den Toiletten befindet sich eine Telefonzelle, etwas weiter davon eine Tür: Privat, Zutritt verboten. Hinter dieser Tür hört man Gerenne und lautes Töpfescheppern. Die Küche. Auch der Geruch verrät es.

In diesem Moment taucht ein Kellner auf, um eine Bestellung weiterzugeben. Pfeifend verschwinde ich auf dem W.C. Als ich das Gefühl habe, daß die Luft rein ist, komme ich wieder raus.

Wenige Schritte neben der Küche gibt es noch eine Tür. Ich prüfe nach, ob sie verschlossen ist. Nein. Ich schlüpfe hinein, schließe die Tür hinter mir, knipse das Licht an. Das Licht fällt auf eine schmale, sehr steile Treppe. Ich warte 'n paar Sekunden, doch es läßt sich niemand blicken. Um so besser! Hab zwar eine passende Erklärung für mein Vordringen an diesen offenbar verbotenen Ort, aber die bewahre ich lieber für ein andermal auf. Ich steige die Treppe hoch, eine chinesische Treppe, eine geräuschlose Treppe, eine Treppe, aus der meiner Meinung nach nicht viel herauszuholen ist.

Dann stehe ich in einem gewöhnlichen, hoffnungslos anständigen Zimmer. Das merke ich natürlich erst, nachdem ich Licht gemacht habe. Ich lösche das von der Treppe und gehe ins Zimmer nebenan.

Hier sehe ich zum ersten Mal die Druckerpresse.

Dieses Zimmer ist mehr eine Rumpelkammer, ein Dachboden, allerdings nicht unterm Dach, und dazu eine Werkstatt. Die Presse steht in einer Ecke, ein Ding mit Pedale für Flachdruck, funktionstüchtig. So was wird gar nicht mehr hergestellt. Ein Gelegenheitskauf aus dem Auktionshaus Drouot am Ende der Straße. Frage mich, was Tchang-Pou mit einer Druckerpresse anstellen kann. Wird doch wohl keine Dollarblüten herstellen?

Ich wühle in den Papieren, die neben der Presse liegen. Mein Blick fällt auf eine rosafarbene Karte. Ich heb sie auf und seh sie mir an. Der ziemlich unleserliche Text (wohl eine erste Druckprobe) ist auf englisch verfaßt. Würde mich wundern, wenn das ein Willkommensgruß für Ihre Majestät wär. Ich kann kein Englisch, aber da stehen zwei oder drei Wörter, die ich schon irgendwo mal gesehen habe und die nicht zum Protokoll passen. Ich stecke die Karte ein, dazu zwei oder drei andere mit demselben Text, allerdings technisch gelungener. Dann sehe ich mich weiter im Zimmer um. Vielleicht gibt's ja noch was zu holen.

Es gibt aber nichts mehr. Auch gut.

Leise lache ich in die Stille hinein. Ich weiß zwar nicht, was Goldy vorhat, aber jedenfalls kann das noch heiter werden. Wenn das so weitergeht, muß ich auf seine Kosten Sprachkurse belegen. Finden Sie die russischen Verbindungen des Chinesen heraus! Und jetzt druckt dieser Chinese englische Texte.

„Verdammter Goldy", murmele ich.

Dann erinnere ich mich daran, daß er großen Wert auf seinen Vornamen legt, und präzisiere:

„Verdammter Omer Goldy."

Doch sofort beiß ich mir auf die Lippen. Hab vollkommen aus dem Blick verloren, daß ich mich in der Privatwohnung des Restaurantbesitzers rumtreibe. Er kann mich ohne weiteres wegen Hausfriedensbruch zur Strecke bringen, falls er mich hier antrifft. Regungslos lausche ich. Kein Ton. Nichts. Gut. Soll ich die Inventur fortsetzen oder lieber verduften? Vor mir seh ich eine Tür. Ziemlich verlockend. Ich öffne sie.

Er erinnert mich an die Statue des Kommandanten. Genauso steif und beunruhigend. Auf seinen schmalen Lippen liegt das wohlbekannte Lächeln, dieses geheimnisvolle Lächeln der geheimnisvoll lächelnden Chinesen.

Er sieht mich an. Ich sehe ihn an. Wir sehen uns an. Fünf Sekunden oder eine Ewigkeit, ich weiß es nicht. Eher aber eine Ewigkeit. Der Chinese geht als erster zum Angriff über.

„Beim nächsten Mal nehmen Sie sich besser eine Taschenlampe mit", rät er mir väterlich.

Er spricht ein korrektes Französisch, ohne den geringsten Akzent.

Einen Augenblick lang frage ich mich, ob das ein echter Chinese ist oder ein falscher. Wo ich schon mal so weit bin...

„Das erspart es Ihnen, Licht zu machen, wenn Sie die Treppe hochgehen wollen. Und so wird mir meine Kontrolllampe unten neben der Kasse nicht anzeigen, daß ein ungebetener Gast in meiner Wohnung herumgeistert."

Ich antworte nicht, schäume aber innerlich vor Wut. Saublöd hab ich mich angestellt. Warum, um Himmels willen, mußte ich so schnell handeln? Warum konnte ich Tchang-Pou nicht überwachen, abwarten und das Netz immer enger ziehen? Nein, das ist jetzt die moderne Masche. Schnell. Schnellschnell. Schwarzer Humor an einem rabenschwarzen Tag. Würde ihn am liebsten irgendwohin beißen, diesen Tchang-Pou. Schlimmer kann's nicht werden. Seine Küche war jedenfalls gut.

„Sie antworten nicht?" bemerkt er.

„Nein."

„Sie haben es nicht gefunden, nicht wahr?"

„Ich hab auch nichts gesucht."

„Ach, ich dachte. Entschuldigen Sie."

Er macht sich in aller Ruhe über mich lustig. Mal einer, der nicht modern ist. Er hat's überhaupt nicht eilig. Nimmt sich richtig Zeit. Macht sich in aller Ruhe über mich lustig, läßt den Spaß dauern, so lange er will, er, der erhabene Himmelssohn.

Dann steckt er sich 'ne Zigarette ins Gesicht und... Scheiße... holt eine Kanone raus.

Also darf ich nicht lange fackeln. Der Chinamann hat wohl 'ne Menge zu verbergen. Wenn er die Flics ruft, steh ich einigermaßen dumm da. Aber die Gefahr besteht nicht. Er wird sofort auf der Stelle mit mir abrechnen. Moment. Wut macht blind. Ich stürze mich auf ihn.

Erst mal schlag ich ihm sein Schießeisen aus der Pfote. Das Ding fliegt in eine Ecke und geht dabei kaputt. Als ich den Inhalt seh, lasse ich eine beeindruckende Reihe von Flüchen los. Heute mache ich nur Mist. Kaum zu glauben. Muß wohl daran liegen, daß ich in der *Loterie nationale* gewonnen habe. Bekommt mir gar nicht gut. Was ich für einen Revolver gehalten habe, ist nur eine Attrappe. Ziemlich geschickt gemacht, aber trotzdem nur 'ne Attrappe. Ein Feuerzeug im Lauf und im Kolben ein Zigarettenetui. Und nun liegt die Kanone in der Ecke, mitten in den herausgefallenen Glimmstengeln.

Aber egal, jetzt ist es zu spät für einen Rückzieher. Tchang-Pou nutzt meine Schrecksekunde aus und gibt mir die Anzahlung mit Zinseszinsen zurück. Ich bedanke mich mit einem Volltreffer auf den Punkt und einem ordentlichen Tritt vors Schienbein. Die Zeche dafür muß mein Ohr bezahlen. Ich grunze auf und umklammere den Chinesen liebevoll. Dem traue ich nicht. Hab keine Lust, von ihm mit einem Trick aus der Judokiste aufs Kreuz gelegt zu werden. Chinesen und Japaner können sich anscheinend zwar nicht riechen; das hindert sie aber nicht am kulturellen Austausch. Wenn also dieser Chinese hier Judo gelernt hat... Man kann gar nicht vorsichtig genug sein. Am besten, man schlägt wild drauflos, wie bei einer Straßenschlägerei. Kampf bis aufs Messer, Knie in den Unterleib und was in die Fresse. Ich pack mir also den Kerl, und dann rollen wir beide über den Boden, umschlungen, daß einem übel davon werden kann, von rechts nach links, wie auf einem Schiffsdeck bei hoher See. Mal liegt der eine oben, mal der andere. So langsam wird's blamabel. Ich muß das schnellstens beenden. Vor allem, weil noch weitere Kampfhähne auftauchen können. Ich versuche, wieder einigermaßen zu Atem zu kommen, und schon rutscht mir Tchang-Pou aus der Umarmung, nicht ohne mir einen freundschaftlichen Stoß erster Güte zu versetzen. Ich fliege gegen einen Schrank, wodurch sich eine Tür öffnet. Der Chinese läßt nicht locker. Ich ramme ihm meine Beine in den Magen, er knickt ein und weicht zurück. Ich rapple mich hoch und stürze mich auf ihn.

Inzwischen konnte ich meinen Revolver rausholen, einen richtigen. Damit versetze ich ihm einen Schlag auf den Vollmond. Er sackt in sich zusammen, die Hand auf einer Art Tischchen neben ihm. Vielleicht hab ich ihn k.o.-geschlagen. Aber deswegen sieht es für mich nicht besser aus. Irgendwo höre ich ein Klingeln, das mein Gegner ausgelöst hat. Hau ab, Nestor. Hau ganz schnell ab. Flieh vor der Gelben Gefahr. Ich dreh mich um und will abhaun, da... was ich in dem Schrank sehe, läßt mir die Haare zu Berge stehen... und mich um so schneller abhaun.

* * *

Ich verlasse die Arena – Tchang-Pou liegt immer noch leblos in der Ecke –, als einer von den Kerlen, die der Chinese herbeigeklingelt hat, von irgendwoher auftaucht. Ich flüchte mich in die Druckerwerkstatt, werfe die Tür ins Schloß und schiebe ein Möbel dagegen, um es meinem Verfolger so schwer wie möglich zu machen. Ich hab's sehr eilig. Mir wachsen Flügel. Schon steh ich oben an der steilen Treppe, die gerade ein dicker Chinese mit eindeutigen Absichten hinaufkeucht. Ich laß mich ganz einfach wie ein nasser Sack fallen. Wir rollen zusammen die Treppe runter, lautlos, wie in einem Western aus der Stummfilmzeit. Unten angekommen, hau ich dem Rollmops was hinter die Ohren, befreie mich aus der Umklammerung und renne durch den Flur ins Restaurant. Unterwegs stoße ich mit einem Kellner zusammen, der eine riesige Schüssel mit ziemlich öligem Reis trägt. Er fällt samt Reisschüssel hin. Der Kerl von der Treppe ist inzwischen wieder auf den Beinen und rennt hinter mir her. Aber er rutscht auf dem Reis aus und stürzt wie ein Pudding. Ich warte nicht auf ihn, sondern laufe im gestreckten Schweinsgalopp durch den Speisesaal. Hélène sitzt nicht mehr an unserem Tisch. Endlich bin ich an der frischen Luft, Rue de la Grange-Batelière.

Ich atme tief durch. Auf die Straße werden sie mir ja wohl

nicht nachrennen. Ich atme die nächtliche Pariser Frühlingsluft.

Lautlos schiebt sich ein Wagen den Bürgersteig entlang. Mein Wagen. Hélène sitzt am Steuer.

„Prügel bezogen, stimmt's?" fragt sie mich.

„Mehr oder weniger", bestätigte ich.

„Also, zwitschern wir ab."

Ich laß mich neben sie in die Polster fallen, und wir entfernen uns von diesem ungesunden Ort.

„Sie machen so'n komisches Gesicht", bemerkt Hélène nach einer Weile.

„Hm ja."

Langsam, ganz langsam komm ich wieder zu mir.

„Diesmal scheinen vor allem Ihr Gesicht und Ihr Anzug was abgekriegt zu haben. Der Hinterkopf ist mit 'nem blauen Auge davongekommen, hab ich das Gefühl."

„Ist noch nicht aller Tage Abend."

„Ja, stimmt. Sie kommen ja nie zu kurz."

„Die anderen auch nicht... Wissen Sie, mein Schatz, ich hab ganz schön dumm geguckt, als ich Sie nicht mehr im Lokal gesehen habe. Hab mich gefragt, ob man Sie vielleicht entführt und verschleppt hat. Als Geisel. Glücklicherweise ist nichts passiert. Sie haben den Braten gerochen, hm?"

„Ja. Als Sie zu den Toiletten marschiert sind, hab ich schon geahnt, daß Sie da rumschnüffeln. Sie lassen ja keine Gelegenheit aus. Also hab ich Tchang-Pou nicht aus den Augen gelassen. Da seh ich plötzlich ein kleines Kontrollämpchen aufleuchten. Der Chinese sieht es auch und ist überrascht, obwohl diese Leute nicht gerade ein ausdrucksstarkes Gesicht haben. Na ja, jedenfalls hab ich eine Veränderung bemerkt. Schien nachdenklich. Dann ließ er seine Kasse im Stich. Ohne Eile natürlich, ohne Aufregung, ohne die geringste Gemütsbewegung zu verraten..."

„So ist der Kerl nun mal."

„Ich hielt es für klüger, das Weite zu suchen. Wenn etwas

passiert wär, hätte ich Ihnen draußen mehr nützen können als drinnen."

„Danke, Hélène. Sie sind ein Schatz."

„Oh, hören Sie auf. Sie wissen doch, daß ich dieses Wort hasse... Aber jetzt mal abgesehen von Ihren unvorsichtigen Aktionen und blöden Scherzen: was ist eigentlich passiert?"

„Fahren wir ins Büro. Da werd ich Ihnen alles erzählen."

* * *

Im Büro spielt Hélène erst mal Krankenschwester. Unzählige Kompressen sollen helfen, meinem Gesicht die Attraktivität wiederzugeben. Danach gönne ich mir eine Ration Whisky, um den Teegeschmack zu vertreiben, zünde mir eine Pfeife an und berichte meiner Sekretärin von den gewalttätigen Auseinandersetzungen. Das mit dem Schrank verschweige ich lieber...

„Und so haben Sie eine geheimnisvolle Karte gefunden?"

„Ja."

„Von Tchang-Pou gedruckt?"

„Höchstwahrscheinlich."

„Und die Karte..."

Ich ziehe eine davon aus meiner Tasche. Bevor ich sie Hélène gebe, seh ich mir noch mal den englischen Text an.

„Zwei Wörter davon gefallen mir besonders gut. Zwei Wörter oder ein Ausdruck: *fascinating girls...*"

Fascinating girls! Wirklich sehr hübsch und vielversprechend.

„Außerdem steht da noch was von 'nem Arzt, glaub ich."

„Zeigen Sie mal."

„Sie können doch Englisch, oder?"

„Ja."

„Übersetzen Sie's mal schnell, ja?"

Ich reiche Hélène das rosa Kärtchen. Meine Sekretärin liest den Text erst laut, dann für sich alleine. Dann schnappt sie sich Papier und Stift und fängt an zu übersetzen. Kurz darauf hält sie mir das Ergebnis unter die Nase. Jetzt sieht der Text so aus:

TAVERNE DU BRULOT
28, Kane South Road
(gegenüber Union Jack Club)
mit den charmantesten und gepflegtesten
DAMEN
der Stadt
(Ärztliche Untersuchung wöchentlich durch
Dr. F. HARDING)
SHANGHAI

Ich lache in mich hinein.

„Was heißt das?“ fragt Hélène.

„Aber, aber, meine Kleine. Tun Sie nicht so unschuldig.“

„Ich schwöre Ihnen...“

„Also, hören Sie mal. Sollten Sie zufällig noch Jungfrau sein?“

„Ich werde gleich rot.“

„Sie werden ja bei jeder Kleinigkeit rot. Und dann erst mal bei den großen Dingen... Gut. Lassen wir das. Zurück zu der Karte hier. Sie haben also nicht die geringste Ahnung, worum's geht? Das ist die Visitenkarte eines Bordells, nichts anderes.“

„Also... dieser Tchang-Pou...“

„... ist eine Puffmutter, jawohl.“

„Eine... also... äh... ich meine von einem Dingsbums... äh... in Shanghai?“

„Genau. Ein Dingsbums. Ich weiß auch schon, was Sie jetzt sagen wollen: daß das Ganze wohl nur ganz entfernt mit unserem Monsieur Goldy und den Russen zu tun hat, vorausgesetzt, es spielen Russen überhaupt eine Rolle.“

„Ja, natürlich.“

„Ich bin ganz Ihrer Meinung, aber weiß man's?“

„Jedenfalls ist dieser Tchang-Pou 'n komischer Kerl.“

„Ja, 'n komischer Kerl. Noch viel komischer. Obwohl ... vielleicht ist komisch hier nicht ganz das passende Wort."

Hélène schaut mir tief in die Augen.

„Sie haben mir noch nicht alles erzählt."

„Stimmt."

„Sie haben noch was anderes gefunden, außer dieser Karte."

„Stimmt."

„Und was, wenn man fragen darf?"

„Einen Schrank."

„Einen Schr ... O Gott! Erzählen Sie mir nicht ..."

„Doch, ich erzähl's Ihnen. Weil Sie gefragt haben. Hatte zwar nicht das Vergnügen, mit dem berühmten Knüppel Bekanntschaft zu machen, aber dafür mit dem Schrank. Bei unserer Schlägerei haben wir diesen Schrank angetickt. Und dann ist eine Tür aufgegangen. Und dann lag da eine Blonde."

„Großer Gott!"

„Splitternackt, genauso tot wie 'ne Pekingente."

3

Am nächsten Morgen werde ich gegen zehn Uhr wach. Ich wälze mich noch bis elf Uhr hin und her, dann steh ich auf, erholt von der gestrigen Aufregung, puppenlustig wie kein zweiter, frisch wie ein Fisch im Wasser. Ein frischer Fisch. Ich denke über das nach, was gestern passiert ist. Den Dr. Petiot-Aspekt von Tchang-Pou halte ich aber aus meinen Überlegungen raus. Dr. Petiot! Wohnte in der Rue Caumartin, im selben Arrondissement wie mein chinesischer Boxpartner. Diesen Aspekt laß ich also beiseite. Konzentriere mich voll und ganz auf die rosafarbene Karte. Dabei könnte ich mich genausogut auf die grüne Versicherungskarte konzentrieren; jedenfalls einfacher als nachzusehen, ob die Blonde immer noch im Schrank liegt.

Ich besorge mir die Morgen- und Mittagsausgaben von *Paris-Presse, France-Soir* und *Crépuscule*. Unter der Rubrik „Vermischtes" suche ich nach einem Echo auf meine Balgerei mit Tchang-Pou. Vielleicht hat ja ein anderer Gast wie Hélène den Braten gerochen und die Flics alarmiert. Ich bin nicht der einzige, der sich um Dinge kümmert, die ihn nichts angehen. Und falls tatsächlich die Flics aufgekreuzt sind: vielleicht haben sie die Blonde im Schrank entdeckt? Aber die Flics haben natürlich nichts entdeckt. Die Flics sind auch nicht aufgekreuzt. Sie sind nämlich überhaupt nicht alarmiert worden. Nichts ist über meinen Boxkampf durchgesickert. Gut.

Ich nehm meinen Dugat und fahr in Richtung Rue de Douai. Dort wohnt ein Bekannter, der mir vielleicht mehr über diese rosa Karte erzählen kann.

Aber vorher statte ich der Rue de la Grange-Batelière noch einen Besuch ab. Das Restaurant *Concession Internationale* steht immer noch. Scheint unter den Ereignissen nicht gelitten zu haben.

Ich wünsche allen Gästen einen guten Appetit und fahre dann in die Rue de Douai.

Mein Bekannter heißt Marcel. Er ist ein Opfer des Gesetzes *Marthe Richard*. Früher lenkte er die Geschicke der *Boule Blanche et Bleue* in Mâcon. Als er seinen Broterwerb verlor, stand er nicht ohne da. Alles andere als das. Er kaufte sich ein Bistro, ganz in der Nähe des Square Vintimille und des *Artistic*, eines Kinos, das sich in der ehemaligen Villa von Francisque Sarcey befindet, dem unter dem Namen ‚Mein Onkel' bekannten Kritiker. Ich war manchmal auf ein Gläschen bei ihm; wir kennen uns, stehen aber nicht per du miteinander. Marcel verschweigt übrigens nicht seine frühere Tätigkeit. Spricht davon immer mit einem sehnsüchtigen Schimmer in seinen geröteten Augen. Außer den Augenlidern sind bei ihm auch noch Nase und Wangen gerötet. Ein Sanguiniker. Die Krawatten, die er sich umbindet, leuchten einem schon von weitem entgegen. Seine Hemden meistens auch. Manche Leute lieben Blau, er offensichtlich Rot. Vielleicht zur Erinnerung an seine rote Laterne, die man ihm zerbrochen hat, genauso wie sein Herz.

Als ich jetzt in sein Bistro komme, steht er hinter der Theke und redet mit seinem Kellner. Ich bestelle, sag mein „Guten Tag, Marcel" und geb ihm einen aus. Wir quatschen. Erst über Regen und schönes Wetter, dann über ernsthaftere Dinge. Ich halte ihm die rosa Karte hin.

„Sehen Sie mal, was ich gefunden habe", sage ich erklärend. „Sie gehörten doch zu dieser Zunft. Sind Sie derselben Meinung wie ich?"

„Meinung worüber?" fragt er.

„Daß das die Karte einer Mausefalle ist."

„Ja, klar... genau das ist es. Also, wenn Sie mich fragen... bevor ich auf den Arsch gefallen bin, hab ich nicht..."

Ich unterbreche unhöflich seinen Erinnerungsstrom:

„Gut. Sehr gut. Was halten Sie davon?"

„Die haben Schwein, in Shanghai."
„Mehr nicht?"
„Nein. Was wollen Sie denn sonst noch Schönes hören?"
„Weiß ich nicht. Sie könnten das Lokal zum Beispiel gekannt haben."
Er schüttelt seinen dicken, roten Kopf.
„Nein, mein Lieber. In der Gegend hab ich mich nie rumgetrieben. Südamerika kenn ich, aber nicht China."
Ich steck die rosa Karte wieder zurück in meine Brieftasche. Marcel runzelt die Stirn und sieht mich so merkwürdig an. Er räuspert sich.
„Wissen Sie, daß das da vielleicht bares Geld ist?"
„Die Karte?"
„Warum nicht? Kennen Sie Guy Florent?"
„Nein. Wer ist das?"
„Einer, der schreibt. Keine Romane, aber er schreibt. Kennt jeder im Milieu. Ob woanders auch, weiß ich nicht. Aber im Milieu kennt ihn jeder. Hat zwei oder drei Bücher über Prostitution geschrieben, über Freudenhäuser und so. Der kennt sich mit so was besser aus als ich. Aber ... damals, bevor ich ..."
„... da kannten Sie sich prima aus. Ich weiß, ich weiß, Monsieur Marcel. Also, Sie meinen, dieser Guy Florent kauft mir die Karte vielleicht ab?"
„Warum nicht? Wenn er sie nicht schon in seiner Sammlung hat, natürlich. Der hat nämlich 'ne hübsche Sammlung. Fotos, Reizwäsche, na ja, eben das ganze Zeug!"
„Natürlich. Und dieser Guy Florent ist Ihr Freund?"
„Ein Gast ..."
Marcel schielt auf die Wanduhr.
„Er kommt jeden Augenblick zum Aperitif. Wohnt gleich nebenan, Rue Fontaine. Ist jeden Tag hier. Würd mich wundern, wenn er uns heute im Stich läßt."

* * *

Er läßt uns nicht im Stich. Um zehn nach zwölf steht er in der Tür: ein schmächtiges Kerlchen von sechzig Jahren, 'n

Kopf kleiner als ein Mensch, mit Stock, Schnäuzer und Kneifer. Sieht aus wie'n mißglückter Toulouse-Lautrec. Und der ist schon nicht besonders gut gelungen. Aber alle eingefetteten, eitlen Mister Universums können gegen die beiden nicht anstinken. Zum Totlachen, wie dieses Männchen nach Strich und Faden den Mann von Halbwelt spielt, den „Historiker der Unterwelt", wie er sich selbst nennt.

Marcel, der ehemalige Bordellvater, stellt uns gegenseitig vor.

„Monsieur Burma... Monsieur Florent."

Wir geben uns die Hand und bestellen was. Ich bring das Gespräch auf das ganz spezielle Spezialgebiet des Privatgelehrten und bringe meine berühmte rosa Karte zum Vorschein.

„Vielleicht interessiert Sie das", sagt Marcel, der sich schon seine Provision ausrechnet.

Aber Guy Florent verzieht nur das Gesicht.

„Ganz bestimmt nicht", brummt er. „Was soll ich damit? Schlecht gedruckt, zum Kotzen. Und nicht mal das Original. Das hab ich übrigens zu Hause, in mehreren Exemplaren. Ich meine, solche Karten, die in Shanghai verteilt wurden, so in den dreißiger Jahren."

„Ach!" mische ich mich ein. „Das stammt aus den dreißiger Jahren?"

„Ja."

„Dann gibt es das Lokal gar nicht mehr?"

„Nein."

„Haben Sie's gekannt?"

„Vom Hörensagen. Bin nie dagewesen. War 'n bißchen weit, nicht wahr?"

„Was war das für ein Lokal?"

„Piekfein. Sehr gut besucht."

„So was wie das Chabanais?" fragt Marcel dazwischen.

„Noch um Klassen besser, Alter."

„Hm... Scheiße!"

„Tja."

Guy Florent klopft leicht auf die rosa Karte und sieht mich durch seinen Kneifer an.

„Woher haben Sie die?"

„Hab sie gefunden", antworte ich.

Der Historiker der Unterwelt kratzt sich den Schnurrbart.

„Möchte wissen", fragt er sich, „welcher Idiot das gedruckt hat."

Das brauche ich mich nicht zu fragen. Das weiß ich.

„Vielleicht", gebe ich zu bedenken, „ist das wertvoll. Seltenheitswert oder so."

Er wehrt ab.

„Aber nein, lieber Freund. Das ist keinen Sou wert. Der einzige, dem man so was andrehen könnte, der bin ich. Und ich bin bestens versorgt. Dieses Puppenhaus hat in allen Sprachen Werbung gemacht. Auf englisch, französisch, portugiesisch, deutsch usw. Trotzdem ... viele Deutsche waren damals nicht in der Internationalen Konzession von Shanghai."

„In der Internationalen Konzession?"

„Ja, natürlich. Haben Sie nie davon gehört?"

„Doch, doch."

Guy versinkt ins Träumen. Ein hämisches Grinsen verzieht seinen Schnurrbart:

„Sie hätten auch welche auf russisch drucken müssen."

Ich spitze die Ohren.

„Auf russisch?"

„Ja."

„Warum?"

„Weil diese ‚charmantesten und gepflegtesten Damen der Stadt' ... wissen Sie, wer das war?"

„Keine Ahnung."

„Man muß schließlich leben", sagt er achselzuckend.

Er lacht auf, bitter, schmerzerfüllt. Historiker der Unterwelt, Geschichtsschreiber der Prostitution. Er hat sie in allen möglichen Variationen gesehen, in allen möglichen Farben, bei seinen Reportagen. Und jetzt erinnere ich mich auch ... er war's ... oder einer seiner Kollegen ... der die Geschichte von diesem Freudenmädchen erzählt hat, das von Garnisonstadt zu Garnisonstadt geschickt wurde. Kannte von den Städten nur den Weg vom Bahnhof bis zur Kneipe mit der roten Laterne... und sammelte Ansichtskarten von diesen Städten. Die zeigte sie dann manchmal in schwachen Stunden einem netten Kunden. ‚Ich bin nämlich weit rumgekommen... Hier, sieh mal, Amiens... hier... Castelnaudary... und hier Montpellier... schöne Städte... wunderschöne Städte... wie ich gehört habe... und nach diesen Ansichtskarten hier...'

„Dann waren also", sage ich, „diese gepflegtesten Damen..."

„... die Frauen und Töchter der weißen Emigranten... Nicht alle... aber einige. Und in der Taverne du Brûlot – ein verdammt renommierter Laden –, da waren nur Weiße. Alles Huren aus besserem Hause. Und warum sollte man auf sie den ersten Stein werfen? Erst kommt schließlich das Fressen, verdammt nochmal!"

Ich kratze mir mit dem Pfeifenstiel den Nasenrücken.

„Weiße?" bohre ich weiter. „Meinen Sie Weißrussen? Frauen und Töchter von höheren Offizieren, wie man scherzhaft zu diesen armen Mädchen sagt... nur daß der Scherz für die in der Taverne du Brûlot bittere Wahrheit war?"

Monsieur Florent blinzelt mich mitleidig an.

„Mein lieber Freund", sagt er lachend, „am besten, Sie gehen mal nach China. Angeblich soll man dort phantastische Gehirnwäschen vornehmen. Das stärkt den Gedankengang... Würde Ihnen guttun. Was soll ich Ihnen sonst noch dazu sagen, zu diesen charmantesten Damen?"

Innerlich fluch ich vor mich hin. Egal, was ich über das Märchen von Omer Goldy denke: unübersehbar drängen sich Russen ins Bild.

4

Im Büro erzähle ich Hélène, was ich rausgekriegt habe.

„Was halten Sie von der Brühe, mein Engel?“ frage ich sie.

„Ich weiß nicht“, antwortet meine Sekretärin lächelnd. „Vielleicht fragen Sie mal den Küchenchef.“

„Damit wir unser *Catch-as-catch-can* wiederholen? Vielen Dank.“

„Und die Blonde?“

Ich mache eine vage Geste.

„Ich kann sie durch nichts wieder lebendig machen, oder? Also... Andererseits hab ich die Schnauze voll davon, den Angestellten vom Beerdigungsinstitut zu spielen.“

„Schlußfolgerung?“

„Keine.“

„Trotzdem! Erzählen Sie mir nicht, Sie hätten jetzt kein genaueres Bild von diesem Tchang-Pou...“

„Das ist die Frage. Laut Omer Goldy hat der Chinese den Sohn des Freundes in eine üble Liebesgeschichte hineingezogen... in der vielleicht auch eine Russin mitspielt... Zuerst hab ich das nicht geglaubt.“

„Und jetzt?“

„... glaub ich's immer noch nicht. Aber ich muß wohl oder übel damit rechnen, daß Russen in diese Sache verwickelt sind... Und die Blonde in dem Schrank... vielleicht auch eine Russin?“

„Wegen ihrer Haarfarbe?“

„Ja. Warum nicht?“

„Stimmt. Warum eigentlich nicht?“

„Wie dem auch sei, ich kapiere nicht, warum Tchang-Pou selbst diese rosa Karten druckt. Das Nachtlokal gibt's schon lange nicht mehr.“

„Vielleicht ist er ganz einfach verrückt."
„Hatten Sie den Eindruck?"
„Offen gesagt: nein. Aber..."
„Kein Aber... Tchang-Pou ist nicht bescheuert... Er..."
Ich runzle die Stirn.
„Da kommt mir eine Idee. Wenn der Chinese nun von Erpressungen lebt? Oder so was vorhat?"
„Wieso?"
„Immerhin 'ne seltsame Beschäftigung, solche Karten zu drucken. Finden Sie nicht? Wär nicht sensationell, wenn er damit die gute alte Zeit heraufbeschwören wollte... oder sich bei jemandem in Erinnerung rufen..."
„Das heißt bei jemandem, die er in Shanghai gekannt hätte, aus der Taverne du Brûlot, und die er in Paris wiedergetroffen hätte?"
„Genau. 'Ne andere Erklärung für diese Karten hab ich nicht. Und Sie, Hélène?"
„Wo Sie das so sagen... Nein, ich auch nicht. Aber was hat Goldy damit zu tun? Weiß er was? Und will er ebenfalls was von dieser Russin?... Falls es eine gibt..."
„Gibt es, mein Schatz, gibt es. Da können Sie ganz sicher sein. Und es gibt bestimmt noch was anderes."
„Was denn?"
„Weiß ich nicht. Mir geht Goldys Beruf nicht aus dem Kopf. Ich kann nichts dafür: immer muß ich an Diamanten denken. A propos Goldy: ist das Geld angekommen?"
„Die restlichen Hundertzwanzigtausend? Nein. Aber noch ist es Zeit."
„Kann sein. Aber besser, man erledigt das sofort..."
Ich will zum Hörer greifen, überlege es mir aber anders. Nein, Omer Goldy, ich möchte dich lieber sehen, und zwar plötzlich und unerwartet. Mal vom Geld abgesehen: ich glaube, ein zweites kleines Gespräch wär angebracht.
„Begleiten Sie mich?" frage ich meine Sekretärin.
Das schöne Kind sagt „Ja".
Vorher schnappe ich mir jedoch das Telefon. Nicht weil

ich's mir schon wieder anders überlegt habe. Ich rufe Roger Zavatter an, den freien Mitarbeiter der Agentur Fiat Lux.

„Hallo", meldet sich der junge Stutzer.

„Arbeit für Sie."

„Ich höre."

„Tchang-Pou, Inhaber eines Restaurants in der Rue de la Grange-Batelière. *Concession-Internationale* ..."

Ich beschreibe den Chinesen, so gut ich kann.

„Verstanden", sagt Roger. „Was soll ich mit ihm machen?"

„Ihn beschatten."

„O.K."

„Vielleicht stolpern Sie dabei über Reboul. Ich setz ihn auf denselben Fall an, nur unter anderen Vorzeichen. Natürlich kennen Sie ihn nicht."

„Klar. Wann geht's los?"

„Ist schon losgegangen."

„Gut. Bin schon unterwegs. Wiedersehn, Burma."

„Salut."

Jetzt noch Reboul anrufen, meinen einarmigen Helden. Ich erkläre ihm seine Aufgabe: Überwachung des Restaurants von Tchang-Pou, rund um die Uhr.

„Und worauf soll ich warten?" fragt Reboul.

„Irgendwann muß ein Paket rausgetragen werden."

„Was für eins?"

„Groß. Menschliches Format."

„Ach, wirklich?" kichert mein Mitarbeiter. „Eine Leiche?"

„Ja."

Der Einarmige am anderen Ende schnappt nach Luft.

„Verdammt! Ich ... ich ... das sollte ein Witz sein!"

„Mit solchen Sachen spaßt man eben nicht, mein Lieber."

„Liegt also 'ne Leiche im Haus?"

„Lag. Gestern abend. Vielleicht haben sie sie schon abtransportiert. Vielleicht auch nicht. Wenn nicht, werden sie's bald tun müssen. Es sei denn ... die chinesische Küche ... man kriegt kleine Stücke Fleisch ... hiervon, davon, schlecht zu identifizieren ... aber eigentlich glaub ich das nicht."

„Soll ich ... soll ich in dem Restaurant essen?“
„Nicht nötig.“
„Gott sei Dank!“
„Sie brauchen nur den Laden zu beobachten. Alles notieren, was Ihnen verdächtig vorkommt. Bis hin zum Leichentransport.“
„In Ordnung.“
Wir verabschieden uns und legen auf.
„Und nun: auf zu Goldy“, sage ich zu Hélène.

* * *

Das ist ja nichts Neues: Autos sind eine schöne Sache, aber wenn man durch Paris fährt... Sicher, man kommt ans gewünschte Ziel. Nur muß man manchmal einen Kilometer weiter weg parken.

Genau das passiert uns heute auch. Und neulich war's genau dasselbe. Also nimmt man einen kleinen Spaziergang in Kauf. Aber es ist gar nicht unangenehm, über die Rue La Fayette zu schlendern. Und so nähern wir uns auf den belebten Bürgersteigen der Wohnung von Omer Goldy. Für Hélène ist das gleichzeitig ein Schaufensterbummel.

„Da sind wir“, bemerke ich.

Soeben habe ich das riesige Portal eines Gebäudes aus dem vorigen Jahrhundert entdeckt. Daneben ein Hochhaus mit Marmorverkleidung im Parterre, Sitz einer bekannten Versicherungsgesellschaft.

„Wir...“

Ohne Vorwarnung packe ich meine Begleiterin am Arm und zwinge sie dazu, sich zusammen mit mir ein Schaufenster anzusehen. Pech! Wir stehen vor einer Apotheke. Was der Giftmischer in dem weißen Kittel zwischen den beiden Glasbehältern wohl von uns denkt, wie wir uns so in die Betrachtung von Abführtabletten vertiefen!

„Was ist los?“ tuschelt Hélène.

„Der Chinese“, flüstere ich.

„Tchang-Pou?“

„Ja.“

„Ist er hier?“

„Er war hier... jetzt ist er weg.“

Ich dreh mich vorsichtig um. Mein Gegner von gestern abend geht in Richtung Rue Taitbout. Er taucht in der Menge unter.

„Die Luft ist rein“, sage ich. „Sehen wir uns was Lustigeres an.“

Wir drehen der Apotheke den Rücken.

„Glauben Sie, daß...“ beginnt Hélène.

„Ja. Für uns sehen die Burschen alle gleich aus. Aber kein Zweifel: das war Tchang-Pou. Außerdem kam er von Goldy.“

„Wirklich?“

„Jedenfalls aus dem Haus.“

„Was halten Sie davon?“

„Bis jetzt noch nichts... Aber wir sind hier, um unseren Diamantenhändler zu besuchen. Nur weil Tchang-Pou dieselbe Idee hatte, werden wir doch wohl unsere nicht aufgeben, oder?“

Wir nähern uns dem Eingang. Links und rechts lauter Kupfer- oder Marmorschilder mit Namen, die auf -mann oder -heim enden. Wie bei einem Kuhstall mit prämierten Tieren... oder auf einer Zeitungsseite mit Todesanzeigen. Ich schüttle mich. Jetzt ist nicht der richtige Augenblick, um Witze zu machen. Ich entdecke das Hinweisschild für Unentschlossene: *Omer Goldy, Zwischenhändler und Gutachter*, 4. *Etage*.

Die Conciergesloge liegt im dunkelsten Winkel des Innenhofes. Auf halbem Weg führt eine breite Treppe nach oben. Die Stufen sind etwas ausgetreten, aber dafür mit einem roten Teppich bedeckt, der durch blanke Messingstangen gehalten wird. Am Anfang des samtbezogenen Geländers steht eine nackte Frau Wache. Sie ist aus Bronze und hält eine erloschene Fackel. Es gibt keinen Aufzug, und so gehen wir zu Fuß hinauf.

Die Tür in der 4. Etage, für die wir uns interessieren, erkennen wir an dem Gegenstück zu dem Schild unten: Omer Goldy usw. Gebieterisch drücke ich auf den Klingelknopf. Keine Reaktion. Vielleicht muß man hier direkt eintreten. Ich drehe den Türknopf, doch die Tür läßt sich nicht öffnen. Ich läute wieder, etwas länger als eben. Wieder nichts.

„Geben wir's auf", schlägt Hélène vor.

Seitdem sie eine Million in der *Loterie nationale* gewonnen hat, fehlt ihr das Arbeitnehmerbewußtsein, vorsichtig ausgedrückt. Aber ich laß mich überreden.

Wir gehen wieder hinunter. Durch das riesige Portal gelangen wir auf die Rue La Fayette mit ihrer Pariser Frühlingssonne. All diese Schilder... Kupferschilder... Marmorschilder... Ja, wirklich wie auf einem Friedhof.

„Sie machen ein komisches Gesicht", bemerkt Hélène auf dem Bürgersteig.

„Immer, wenn ich telefonieren will. Dann kommt meine bäuerliche Herkunft zum Vorschein. Die Angst vor diesen neuen Erfindungen, dem ganzen Teufelswerk."

„Von wegen! Äh... tja... ich verspüre auch so was wie Angst... Unruhe..."

„Sag ich doch! Wir müssen telefonieren, meinen Sie nicht?"

Sie zuckt die Achseln:

„Sie sind der Chef."

Wir nehmen Kurs – ohne Kompaß! – auf die Galeries Lafayette, gehen über die Kreuzung Boulevard Haussmann – Chaussée d'Antin. Ein Fleck, den ich unseren Lebensmüden nur empfehlen kann. Aus irgendeiner Richtung taucht immer ein Wagen auf, der nichts anderes im Sinn hat, als jemanden über den Haufen zu fahren. Und den Flic dort muß man gesehen haben! Seine Gymnastik ist halsbrecherisch...

Wir kommen heil auf der gegenüberliegenden Straßenseite an und stehen vor einer Bank. Ihren Namen hab ich vergessen. Ich und die Banken... Etwas weiter, vorbei an einem Pissoir, sind die Telefonkabinen des Postamtes der Rue Gluck. Ich suche eine ganz bestimmte Nummer im Telefonbuch.

„Ich könnte zwanzig Francs sparen", sage ich. „Die ich

anrufen will, wohnen nur drei Schritte von hier entfernt. Aber wenn man in der *Loterie nationale* gewonnen hat, sollte man nicht auf zwanzig Francs sehen. Das wär kleinkariert."

„Sehr richtig", stimmt mir Hélène spitz zu. „Möchte wissen, ob wir jemals was von unserem großen Los haben werden!"

„Wie meinen Sie das?"

„Daß irgendwo der Spaß aufhört ... und Sie damit auf die Schnauze fallen können. Es ist unter Strafe verboten, die Feuerwehr ohne Grund zu alarmieren ..."

„Ich will doch gar nicht die Feuerwehr alarmieren."

„Um so schlimmer."

„Aber nicht zu ändern. Ich hoffe nur, daß sie mich nicht an der Stimme erkennen."

„Haben die Ihre Stimme denn schon mal gehört?"

„Tja ... also ... eigentlich ... Sie haben mich liebevoll bei sich aufgenommen, zwei- oder dreimal."

„Betrunken?"

„Liebeskummer muß man ertränken."

„Wenn man betrunken ist, hat man eine andere Stimme."

„Wenn das so ist, dann los!"

Ich betrete eine Telefonzelle und wähle die Nummer.

„Hallo!" brummt es nach zweimaligem Läuten.

„Polizeidienststelle Opéra?"

„Ja."

„Rue La Fayette."

„Nein. Place Charles-Garnier."

„Aber ich rufe von der Rue La Fayette aus an. Nummer ..."

Ich sage Nummer, Etage, Name: Omer Goldy.

„Und?"

„Und so einiges", antworte ich. „An Ihrer Stelle würde ich kommen. Vielleicht wartet 'ne kleine Beförderung ..."

Ich lege auf. Entweder er beißt an oder nicht. Beißt er nicht an, werd ich seinen Vorgesetzten alarmieren, im Kommissariat in der Rue Taitbout. Aber irgendetwas sagt mir, daß er anbeißen wird.

Er beißt an. Eine Viertelstunde später – Hélène und ich sitzen auf einer Caféterrasse gegenüber von Goldys Wohnung – hören wir die Sirene, mit der sich der Polizeiwagen Platz schafft. Schon steht er am Straßenrand. Zwei Uniformierte steigen aus, lahm und schlechtgelaunt. Gar nicht so begeistert wie ihr Kollege, den ich eben angerufen habe. Die beiden gehen durch das Portal, immer mehr von sich selbst angewidert, von ihrer Arbeit, vom Tag, der sich so hinzieht. Bestimmt gehören sie nicht zu den Flics, die ein anonymer Anruf in Ekstase versetzen kann. Phantasie? Fehlanzeige. Aber vielleicht haben sie recht. Ich werd's schon sehen. Immerhin wird mich das Experiment nur ein Telefonchip gekostet haben. Und wenn der gutgläubige Flic von eben nicht befördert, dafür aber angeschnauzt wird... kann mir scheißegal sein.

Auf der Straße ist es ruhig. Ich meine, sie ist belebt, sehr sogar, aber wie üblich. Nichts Sensationelles. Die Zeit geht vorüber, wie die Passanten. Einige sehen sich nach dem parkenden Auto der Gesetzeshüter um; andere schenken ihm keinen Blick.

Die Zeit geht immer noch vorüber, wie's ihre Pflicht ist. Hoffentlich tun alle ihre Pflicht...

Da kommen die Flics wieder zum Vorschein, eine Spur nervöser als vorhin. Sie reden mit dem Fahrer des Wagens.

Ich hab den Kellner gerufen, um zu bezahlen. Er legt das Wechselgeld auf den Teller und fragt:

„Was ist da los?"

Ein junger Mann, der mit ihm zusammen aus dem Café gekommen ist, sagt hilfsbereit:

„Werd mal nachsehen."

Er überquert die Straße.

Der Kellner nimmt das Trinkgeld und tritt wartend von einem Bein aufs andere. Erst als der *patron* ihn ruft, bequemt er sich, wieder ins Café zu gehen.

Vor dem Portal gegenüber sammeln sich nach und nach die Neugierigen.

Ein marineblauer Renault kreuzt auf, stellt sich hinter den Polizeiwagen. Zwei Männer steigen aus. Kein Zweifel: Flics in Zivil.

Hélène wirft mir einen anerkennenden Blick zu.

„Sie haben Talent", bemerkt sie.

„Nennen Sie's ruhig Genie."

Kurz darauf kommt der junge Mann, der „mal nachsehen" wollte, aufgeregt zurück. Ich halt ihn fest.

„Gibt's Ärger?"

„Ziemlich", antwortet er. „Die haben einen Toten gefunden. Einen Mieter. Diamantenhändler. Scheint ermordet worden zu sein. Und der Mörder hat wahrscheinlich selbst die Flics alarmiert."

„Womit ermordet?"

„Weiß ich nicht."

Dann geht er weiter ins Café, um *patron*, Kellner und Gästen das Neueste aufzutischen.

„Und jetzt zurück ins Büro", sage ich und steh auf.

5

Schweigend gehen wir ins Büro zurück. Dort angekommen, mix ich mir ein Gläschen.

„Und nun?“ fragt Hélène leicht aggressiv.

Sie nimmt mir das Glas aus der Hand und trinkt einen Schluck. Vielleicht will sie rauskriegen, was ich denke.

„Wir müssen warten“, sage ich.

Ungeduldig zuckt sie die Achseln.

„Worauf? An Ihrer Stelle würde ich's sausenlassen.“

„Selbst wenn ich's wollte, ich könnte nicht.“

„Warum? Ach ja ... weil das nicht Ihre Art ist? Weil Sie ein störrischer Dickkopf sind?“

Sie drückt mir das Glas wieder in die Hand. Kein Tropfen mehr drin.

„Seien Sie doch nur einmal vernünftig“, redet sie weiter auf mich ein. „Auch wenn das nicht Ihre Art ist. Sie hatten einen Klienten: Omer Goldy. Er ist tot. Also haben Sie keinen Klienten mehr. Einfacher Dreisatz.“

„Und die achtzig Riesen? Das ist Arithmetik. Rechnen mit Zahlen.“

„Das war für die Nachforschungen über Tchang-Pou. Sie haben schon damit begonnen. Wenn Sie meinen, Ihr Boxkampf mit dem Chinesen war keine achtzigtausend wert... und wenn das Geld Sie bedrückt... Sie können es jederzeit irgendeinem Waisenhaus überweisen.“

„Das Geld bedrückt mich nicht. Aber die Quittung.“

„Welche Quittung?“

„Die über achtzigtausend Francs, die wir Goldy ausgestellt haben. Er hat sie bestimmt noch bei sich... oder in seiner Wohnung. Eine hübsche kleine Quittung mit dem Briefkopf von Fiat Lux, unterzeichnet von Nestor Burma, Direktor dieser bis jetzt renommierten Agentur. Irgend jemand wird sie finden, die Quittung, oder hat sie bereits gefunden. Und das wird ihn auf krumme Gedanken bringen. Auf mich wartet also in allernächster Zukunft ein Besuch, entweder vom Mörder oder von Freund Faroux, Kommissar bei der Kripo. Sie sehen: selbst wenn ich's sausenlassen wollte, ich könnte nicht."

„Großer Gott!" stöhnt Hélène. „Warum wir in der *Loterie nationale* gewonnen haben..."

Es klingelt an der Tür.

„Das ist der eine oder der andere", prophezeie ich. „Der Mörder oder Faroux."

Irrtum. Es ist der Concierge. Er bringt mir ein Buch, zwei Zeitungen und einen Brief.

„Die Post", sagt er. „Etwas spät, wegen des Streiks."

Der Brief – besser gesagt der frankierte Umschlag – ist von Omer Goldy. Steht zwar nicht dabei, aber er enthält vier Postanweisungen zu je 30 Riesen, eingewickelt in ein weißes Blatt Papier. Der Restbetrag für das Aufstöbern von mehr oder weniger fiktiven Russen.

Goldy selig hat den Umschlag noch gestern auf die Post gebracht. Wahrscheinlich kurz nachdem wir uns verabschiedet haben. Wenn nicht grade gestreikt würde, hätte ich die Anweisungen schon heute morgen bekommen.

„Er war korrekt", begann ich meine Grabrede. „Geheimnisvoll, aufrichtig wie 'n störrischer Esel, aber korrekt, vertrauensvoll und nicht kleinlich. Anständig, wie ich bin, kann ich dieses Vertrauen nicht mit Anstand enttäuschen. Jetzt kann's ihn zwar kalt lassen, dort, wo er ist, aber trotzdem. Ich hab weniger denn je vor, die Sache sausenzulassen."

„Wie Sie meinen", sagt Hélène. „So langsam werd ich allerdings auch neugierig. Die Art, Ihnen das Geld zu schicken..."

„Ja. Dieser Goldy war zu Lebzeiten so geradeaus wie 'ne Heizspirale. Irgendwas sagt mir, daß noch so einige Überraschungen auf uns warten."

„Außer was den Mörder betrifft, natürlich."
„Warum, meine Liebe? Kennen Sie ihn?"
„Aber, hören Sie mal! Haben Sie den Chinesen schon vergessen?"
„Nein, nein, ganz und gar nicht. Muß ständig an ihn denken. Aber Sie wissen doch genausogut wie ich, daß nichts so einfach ist, wie es aussieht. Sicher... dieser Tchang-Pou ist verdächtig. Wir haben ihn aus dem Haus kommen sehen. Würd mich wirklich nicht umwerfen, wenn er den Diamantenhändler kaltgemacht hätte."
„Das haben Sie doch bestimmt gedacht, als auf das Läuten keiner geöffnet hat, stimmt's?"
„Ja. Kam mir ziemlich komisch vor. Instinkt. Aber ich konnte doch nicht die Tür eintreten, um nachzusehen, ob dahinter was Verdächtiges lag. Allerdings... ein kleines Experiment für zwanzig Francs, das konnte ich wohl wagen."
„Und das kann Ihnen den Hals brechen, wegen der Quittung."
„Tja, in dem Moment hab ich tatsächlich nicht an diesen Wisch gedacht. Aber früher oder später hätten sie Goldys Leiche sowieso gefunden, und bei der Gelegenheit auch die Quittung. Ob heute oder morgen... Na ja, abwarten."
Ich seh auf die Uhr.
„Warten wir noch ein wenig. Sollte sich niemand melden – Mörder, Flic oder Zavatter –, gehen wir zurück in dieses Bistro. Da wird sicher von nichts anderem geredet als von dem Toten. Vielleicht erfahren wir was Interessantes."

* * *

Im Café in der Rue La Fayette dreht sich, wie vorauszusehen war, alles um den Tod des Diamantenhändlers. Sozusagen das Tagesgericht oder die Sahnetorte nach Art des Hauses. Der junge Bursche, typisch Pariser Gaffer, der optische Vielfraß mit der richtigen Nase, erzählt bereitwillig allen, die es hören wollen, was er weiß. Läßt sich nicht lange bitten. So erfahre ich, daß Goldy weder erschossen noch erstochen, sondern erschlagen wurde. Und auch das steht nicht hundertprozentig fest. Sein Herz hat ihm jedenfalls den Rest gegeben. Mit der Beurteilung seines Gesundheitszustandes hab ich also nicht ganz falsch gelegen. Die braunen Ringe unter seinen Augen stammten nicht nur von der Lupe, die er sich ab und zu ins Auge geklemmt hat. Sie waren auch ein Zeichen für sein schwaches Herz. Und das hat wegen einer starken Aufregung gestreikt.

„Komisch ist nur", sagt jemand, „daß die Flics so schnell hier waren. Weiß man, wer sie alarmiert hat? Er selbst?"

Der gewöhnlich gut unterrichtete junge Mann hebt verächtlich die Schultern.

„Der Mörder natürlich", entscheidet er.

„Und warum sollte er angerufen haben?"

Der Hobbydetektiv schweigt und verzieht das Gesicht. Ihm tut es sichtlich leid, daß er darauf keine Antwort weiß. Aber er kann nichts dran ändern. Einigermaßen geschickt zieht er sich aus der Affäre:

„Das ist das große Geheimnis, der Punktus Knackus."

Ich komme ihm zur Hilfe:

„Und das Opfer, wer ist das?"

„Ein Diamantenhändler."

„Ach! Ist er ordentlich beklaut worden?"

„Soviel ich weiß – weiß man noch nichts Näheres."

„Kennen... Kannten Sie den Mann?"

„Er war manchmal hier", antwortete der *patron*. „Ganz ruhiger Typ. Glaub nicht, daß man ihm viel geklaut hat... wenn überhaupt. Gut, er machte in Diamanten. Aber was heißt das schon? Nicht alle sind Millionäre. Würd mich nicht wundern, wenn der da nichts zu brechen und zu beißen gehabt hat... Ein armer Scheißer, wenn Sie verstehen, was ich meine", fügt er hinzu.

„Jaja, ein armer Scheißer", wiederholt der *patron* noch einmal. Scheint das wohl vor kurzem erst gehört zu haben und kann's jetzt gar nicht oft genug anbringen. Ein bekanntes Phänomen.

Wir verlassen das Bistro. Um mehr über Omer Goldys Unglück zu erfahren, bleibt uns nur eins: warten. Ich kaufe eine Abendzeitung. Steht aber noch nichts drin. Der *Crépuscule* wird sicher was darüber bringen. Davon bin ich überzeugt. Diesen mysteriösen Fall wird sich mein Freund Marc Covet nicht entgehen lassen, der allesschluckende Journalist.

Wir gehen wieder zurück ins Büro. Das Telefon empfängt uns mit seinem Zirpen. Eine Grille. Ich nehm den Hörer ab.

„Hallo?"

„Hier Roger."

„Ja?"

„Ihr Chinese sitzt jetzt wieder in seinem Laden. Will anscheinend nicht wieder rauskommen. Soll ich weiter Wache schieben und ihm auf den Fersen bleiben, falls er sich blicken läßt?"

„Tja..."

Fällt mir nicht leicht, Zavatter rund um die Uhr dort stehen zu lassen.

„Der Kerl scheint ziemlich friedlich zu sein", sagt mein Mitarbeiter. „Was wollen Sie ihm denn anhängen?"

„Hat wahrscheinlich jemanden abgemurkst, heute nachmittag."

„Wirklich? Ich hab ihn nicht aus den Augen gelassen."

„War wohl vor Ihrer Zeit..."

„Bestimmt. Jedenfalls hat er vor meinen Augen keinen umgebracht. Weder auf den Boulevards noch im Miederwarengeschäft. Aber nun ist er ja Chinese... und die haben vielleicht einen Trick, mit dem sie aus der Entfernung töten können."

„Nein. Das können nur die Weißen. Per Knopfdruck. Und Tausende von Kilometern entfernt muß ein Mandarin dran glauben. Aber zurück zu irdischen Dingen... Sagen Sie mir mal, was Tchang-Pou getrieben hat, seitdem Sie ihm hinterherlaufen?"

„Hat sich die Beine vertreten. Und nachdem er sie sich schön vertreten hatte, ist er in ein Geschäft auf dem Boulevard

Haussmann gegangen, fast Ecke Rue Le Peletier. Luxuswäsche aller Art. Vielleicht wollte er einen Hüfthalter anprobieren. Diese Natascha hat aber auch Sachen im Schaufenster... läßt einem das Wasser im Mund zusammenlaufen."

„Diese... wie sagten Sie?"

Unwillkürlich verändert sich meine Stimme.

„Aha!" lacht Zavatter. „Das läßt Sie auch nicht kalt, was? Und das nur beim Hören..."

„Dessous lassen mich nie kalt. Bei Nylon beiß ich liebend gerne an."

„Wenn Sie das erst mal sehen würden! Sie explodieren."

„Ich explodiere gleich hier, wenn Sie mir nicht sofort sagen, wer diese Natascha ist."

„Aber ich weiß doch nicht mal, ob es sie überhaupt gibt. So heißt nur der Luxusladen, weiter nichts. Sie haben mir doch mal von einem Bärtigen erzählt, der ein Buch geschrieben hat: *Bin ich eine femme fatale?* Vielleicht ist diese Natascha auch so'n kleiner Bärtiger."

„Werd mich erkundigen."

„Also, Sie sind mir einer! Daß Sie ein Sittenstrolch sind, wußte ich. Aber so einer... na ja... um auf unseren Chinesen zurückzukommen. Was soll ich machen?"

„Im Augenblick wird er im Restaurant zu tun haben. Sie könnten also bis morgen früh aussetzen."

„O.K."

Wir legen auf.

„Natascha", sage ich verträumt. „Haben Sie gehört, Hélène? Natascha! Tchang-Pou hat Natascha einen Besuch abgestattet. Ist das ein russischer Vorname, ja oder nein?"

Hélène zuckt die Achseln.

„In meinem Leben", belehrt sie mich, „habe ich eine Natascha und zwei Ludmillas kennengelernt. Alle drei in Saint-Ouen geboren. Vornamen laut Taufregister: Marie, Suzanne, Madeleine."

„Und ich hatte mindestens mit zehn Carmens das Vergnügen..."

„Ich frag lieber nicht, wo."

„Können Sie sich ja denken. Aber bei einer von ihnen war's nicht nur der Künstlername. Vielleicht heißt diese Natascha ja wirklich so. Hören Sie, Hélène: dieses Wäschezeug, die Spitzen und der ganze Kram sind doch wohl mehr Ihr Fach. Wollen Sie sich diesen Laden nicht mal etwas näher ansehn? Sie wissen sicher besser als ich, wo Sie Informationen darüber herkriegen können."

„Oh, ganz sicher", sagt meine Sekretärin affektiert. „Am besten, ich geh gleich rein, in dieses Geschäft..."

„Um sich umzusehen, genau."

„Aber mit leeren Händen komm ich bestimmt nicht wieder raus."

Ich greif tief in die Tasche.

„Kaufen Sie sich was hübsches Malvenfarbenes", sage ich.

Hélène geht. Ich bleib alleine zurück. Ob sie bis Ladenschluß was rauskriegt oder nicht, ist mir egal. Soll sie sich ruhig was Nettes kaufen. Einen malvenfarbenen Slip. Also wirklich. Na schön. Ich sollte meine Gedanken auf was weniger Munteres konzentrieren. Immerhin hat Goldy, zu Lebzeiten Diamantenhändler, ins Gras gebissen.

Ich gieß mir was ein, zünde mir 'ne Pfeife an und denke nach.

6

Wer schreibt, der bleibt. Darum hab ich den ganzen Kram auf einem Blatt Papier notiert. Ich hab mir das zwischen zwei Träumen ausgedacht. Als ich am nächsten Morgen aufwache, bin ich immer noch nicht weitergekommen. Zum Mundausspülen nehm ich mir meine Notizen vor:

„Tchang-Pou erpreßt, hat erpreßt oder wird eine Russin erpressen, die früher in Shanghai in der Taverne du Brûlot gearbeitet hat... Diese Russin könnte die Natascha vom Boulevard Haussmann sein... oder sonst irgend jemand, der was mit Natascha zu tun hat... Goldy kennt Tchang-Pou (jedenfalls kennt der den Weg zu seiner Wohnung)... Goldy hat von den Plänen des Chinesen Wind gekriegt... Will rauskriegen, wer das Opfer ist... Warum?... Großes Fragezeichen... Um selbst eine Erpressung zu starten?... Goldy wendet sich an mich, um über den Erpresser an den Erpreßten ranzukommen... Leider gelingt ihm das nicht... Er stirbt daran... Wer hat ihn getötet?... Der Chinese?... Schließlich hab ich den Namen des Diamantenhändlers laut vor mich hingemurmelt, als ich alleine in der Wohnung von Tchang-Pou war... dachte ich... Vielleicht war Tchang-Pou ganz in der Nähe... Hat er's gehört? (haben Chinesen gute Ohren?)... Mein ungebetener, schwer zu erklärender Besuch hat ihn jedenfalls aufhorchen lassen... Er stellt den Zusammenhang zu dem gemurmelten Namen her... Denkt nach, geht zu Goldy und verlangt eine Erklärung... Streit... Schlägerei (wie üblich!)... und Goldys kaputtes Herz gibt seinen Geist auf... Also eigentlich kein richtiger Mord... aber auch kein einfacher Unfall... Dadurch weiß ich immer noch nicht, was auf dem Spiel steht... muß aber 'ne Menge sein... viel mehr als bei einer schlichten Erpressung... Goldy gilt zwar als „armer Schlucker" (wird sich noch rausstellen müssen), schiebt mir aber einfach so zweihunderttausend Francs rüber, ohne Zögern, wie Klimpergeld..."

Schlußfolgerung?

Großes Fragezeichen. Mehrere. Soviel, wie man will. Davon hab ich immer genug auf Lager.

Ich leg meine Ergüsse zur Seite, steh auf, wasch mich schnell und zieh mich an. Dabei schimpfe ich auf Hélène. Hab gedacht, meine charmante Sekretärin würde wenigstens ein Lebenszeichen von sich geben, wenn auch nur per Telefon. Gepfiffen. Hat sich von meinem Geld bei Natascha ihr malvenfarbenes Höschen gekauft. Weiß der Teufel, wohin sie damit gegangen ist. Angestellte sind alle gleich. Man könnte glatt zum Scheißreaktionär werden.

Ich geh nach unten, um mir einen Stoß Morgenzeitungen zu holen. Oben blättere ich sie in aller Ruhe durch. Heute wird auf Seite 1 von Omer Goldys Tod berichtet:

Unter mysteriösen Umständen hat die Polizei gestern nachmittag die Leiche von Omer Goldy entdeckt, Diamantenhändler in der Rue La Fayette. Ein merkwürdiger Telefonanruf hat die diensthabenden Beamten des Reviers Opéra darauf gestoßen, daß es bei Monsieur Goldy Arbeit für sie gebe. Nach kurzem Zögern fuhren sie zu der angegebenen Adresse. Auf ihr Klingelzeichen hin wurde nicht geöffnet, auch ließ die Tür keinerlei Spuren von Gewaltanwendung erkennen. Vielleicht hätten sie den Fall zu den Akten gelegt, als üblen Scherz. Die Concierge berichtete jedoch, ihren Mieter seit dem Vorabend nicht mehr gesehen zu haben. Daraufhin drangen die Beamten in die Wohnung von Omer Goldy ein und fanden so die Leiche. Anscheinend erlag Monsieur Goldy einem plötzlichen Herzversagen infolge starker Aufregung. Auch wurden Spuren eines Kampfes festgestellt. Unklar ist bisher noch, ob Geld, Wertgegenstände wie z. B. Edelsteine entwendet worden sind. Goldy gehört in seiner Sparte nicht zur allerersten Garde.

Laut gerichtsmedizinischer Untersuchung trat der Tod in der vorletzten Nacht ein. Die Polizei sucht fieberhaft den geheimnisvollen Anrufer, ist aber bisher nur auf Vermutungen angewiesen...

Ich feuere die Zeitung in die Ecke. Man ist auf Vermutungen angewiesen? Ich auch. Wenn Goldy tatsächlich schon seit vorgestern nacht tot war, konnte der Chinese ihn schlecht am Nachmittag des folgenden Tages umgebracht haben. Es sei denn, er hat die Stirn besessen und ist wieder zurückgekommen. Aber solch ein Verhalten leuchtet mir nicht ein. Als ich Tchang-Pou aus Goldys Haus kommen sah, kam er zwar gerade von meinem Klienten. Vielleicht wollte er tatsächlich eine Erklärung von ihm für meinen Coup... falls er den Zusammenhang hergestellt hat... Aber als er das leichenblasse Gesicht sah, ist er wieder abgehaun, so klug wie zuvor. Geprügelt hat er sich jedenfalls nicht mehr mit der Leiche. Das muß jemand anders gewesen sein, einige Stunden vorher... jemand anders, der die Kacke zum Dampfen gebracht hat. Und genau dieser Dampf sagt mir, daß es hier um etwas Wichtigeres geht als nur um Erpressung.

* * *

Elf Uhr.

Bis jetzt hatte ich noch keinen Besuch, keinen Anruf, nichts. Vielleicht besser so; aber langsam fühle ich mich einsam.

Zum Glück kommt Hélène reingewirbelt, schick wie immer. Dieses Frühlingskleid hab ich an ihr noch nie gesehen.

„Tag", sagt sie.

„Tag. Hab die Hoffnung schon aufgegeben, Sie jemals wiederzusehn."

„Ich wollte nicht ohne die nötigen und möglichen Informationen hier aufkreuzen."

Sie nimmt das Kopftuch ab – auch ganz neu –, entwirrt ihr

kastanienbraunes Haar, bauscht es auf. Dann legt sie ihre Tasche auf ein Möbel und setzt sich. Sie sieht äußerst zufrieden mit sich selbst aus. Na schön, um so besser.

„Und... Haben Sie welche mitgebracht?" erkundige ich mich.

„Jede Menge. Übrigens..."

Sie zeigt mit dem karminroten Nagel des Zeigefingers auf die Zeitungen, die immer noch mitten im Zimmer auf dem Boden liegen.

„Haben Sie sie gelesen?" fragt sie mich.

„Ja."

„Ich auch..."

Sie holt die Mittagsausgabe des *Crépuscule* aus ihrer Tasche und klopft darauf.

„Also war's nicht der Chinese, hm?"

„Nein, es war nicht der Chinese", knurre ich.

„Oh! Beißen Sie nicht gleich!"

Sie steckt die Zeitung wieder weg.

„Dafür ist aber Ihre Russin eine Russin, falls Sie das tröstet. Natascha Spiridowitsch, Witwe eines Obersten..."

„Na ja, immerhin etwas. Alter? Das heißt, wenn Sie sie gesehen haben..."

„Ob ich sie gesehen habe, weiß ich nicht. Aber auf jeden Fall ist sie nicht mehr ganz jung."

Hélène sieht mich schräg von der Seite an.

„Man kann also nachrechnen", fährt sie fort, „ob sie in den dreißiger Jahren..."

„... das richtige Alter hatte für den Beruf, den wir vermuten."

„Sie haben so eine Art, sich auszudrücken!"

„Ich möchte mich klar ausdrücken, ohne daß Sie rot werden."

„Oh, vielen Dank! Ja, sie muß damals so um die Dreißig gewesen sein. Ihre Geschäftspartnerin, eine gewisse Madame Sonia – noch eine Russin – ist etwa in demselben Alter."

„Ihre Geschäftspartnerin?"

„Ja. Sie lenken zu zweit die Geschicke des Ladens. Eine hab ich gesehen, Natascha oder Sonia. Das wollte ich Ihnen erklären."

„Ein ziemlich großer Laden also?"

„Sehr groß. Und außerdem mehr als nur ein Laden. Hab ich Ihnen eigentlich mal erzählt, daß eine Schulfreundin von mir Mannequin ist?"

„Nein."

„Dann tu ich's jetzt. Zu Jacqueline – so heißt meine Freundin – wollte ich vom Laden aus gehen. Die hatten übrigens nichts Malvenfarbenes. Hab mir Strümpfe gekauft. Dabei konnte ich ein Telefongespräch mitkriegen. Außerdem noch ein paar Gesprächsfetzen von den Verkäuferinnen... Kurz gesagt, Jacqueline sollte mir das, was ich soeben aufgeschnappt hatte, ganz genau erklären. Und wirklich: Jacqueline weiß bestens über das Haus Natascha Bescheid. Es ist nämlich nicht nur das Luxusgeschäft auf dem Boulevard Haussmann. Ateliers gehören noch dazu, wo Exklusivmodelle entwickelt und hergestellt werden, für Strumpfhalter, Mieder, Büstenhalter usw. Natascha arbeitet für die großen Modehäuser. Mehr oder weniger eine Konkurrentin von Marie-Rose Lebigot, wenn Ihnen der Name was sagt."

„Ja, kenn ich. Na ja... dem Namen nach. Dann macht also Natascha, oder besser gesagt das Tandem Natascha-Sonia, den gleichen Kram?"

„Ja."

„Ehrenwertes Haus, achtbar und alles?"

„Und alles, jawohl."

Ich lege meine Stirn sorgenvoll in Falten.

„Glauben Sie, daß das die falsche Spur ist?" fragt Hélène.

„Ganz im Gegenteil. Gerade die Ehrenwerten und Achtbaren haben von Erpressern am meisten zu befürchten... Wär Natascha – oder von mir aus auch Sonia – weiter auf den Strich gegangen... einmal angenommen, sie hat früher tatsächlich in der Taverne du Brûlot gearbeitet... Hätte sie also weiter angeschafft, dann wär's ihr scheißegal, wenn jemand sie an die

Vergangenheit erinnert. Aber jetzt, wieder achtbar geworden... schlechte Karten gegenüber dem Drucker der rosa Karten."

„Falls er was mit Natascha zu tun hat."

„Hat er. Zavatter hat ihn in das Geschäft gehen sehen, oder? Jeder, auch ein Chinese, sogar einer, der Tchang-Pou heißt, hat das Recht, in jedes beliebige Geschäft zu gehen. Aber Natascha ist nicht jedes beliebige Geschäft. Die Inhaber sind Russinnen."

„Ja, stimmt. Und was wollte Tchang-Pou dort, Ihrer Meinung nach? Sollte mich wundern, wenn Sie keine Idee hätten."

„Ach, Mademoiselle machen sich über mich lustig? Gut, machen Sie sich so lustig, wie Sie wollen. Viel Spaß! Ich hab nämlich keine Idee. Weiß nicht, was Tchang-Pou bei Natascha wollte. Vielleicht kassieren, vielleicht auch nicht. Keine Ahnung. Am besten wir fragen Natascha... oder Sonia..."

Hélène hebt resigniert die Schultern.

„Wir wissen nicht mal, wer von beiden erpreßt werden soll. Alles nur Annahmen."

„Wie immer. Annahmen, sonst nichts. Aber nichts hindert uns daran, sie zu überprüfen. Man müßte sich diese Russinnen mal näher ansehen. Verstehen Sie? Es geht um Erpressung, dafür leg ich meine Hand ins Feuer. Und ich laß sie abhacken, wenn nicht noch was Heißeres dazukommt. Vergessen wir nicht den makabren Schrankinhalt bei Tchang-Pou und Omer Goldys Tod... Sicher, sein Herz hätte ihn jederzeit im Stich lassen können, er hätte sich jederzeit rumzanken oder verprügeln lassen können. Aber trotzdem doch recht merkwürdig, daß ihm das gerade jetzt passiert ist, nachdem er mich mit einer kleinen, scheinbar gemütlichen Sache beauftragt hat... Leider alles Lügen... Hm... Also, wie ich schon sagte: man sollte sich diese Russinnen mal näher ansehen... Am besten, ich lern sie privat kennen... zum Beispiel... hm... fällt mir nichts ein..."

Ich schneide eine Grimasse.

„Wie alt sind die beiden?“

„Sie gehen auf die Sechzig zu“, sagt Hélène lächelnd. „Aber die, die ich im Geschäft gesehen habe, Natascha oder Sonia schien mir noch bemerkenswert gut erhalten.“

„Schön“, sage ich seufzend, „dann werde ich mir die zuerst vornehmen... Aber wenn Sie mal jemanden treffen, der sein Pflichtbewußtsein so weit treibt wie ich, sagen Sie mir Bescheid. Ich weiß nämlich nicht, wie ich mich an die beiden Damen ranmachen kann. Strümpfe oder Slips zu kaufen, reicht bestimmt nicht.“

„Vielleicht gibt es einen Weg“, sagt Hélène grinsend und reicht mir den *Crépuscule*, den Zeigefinger auf einem Foto mit Text. Auf dem Foto ist eine junge Frau zu sehen, sehr hübsch, gut gebaut, teuflisch aufreizend, das Lächeln mit einem ordentlichen Schuß Unmoral gewürzt, jeder Zentimeter sexy.

Unter einem duftigen Negligé, das sie freizügig mit einer Hand offenhält, trägt sie eine Art Büstenstrumpfhalter oder Miederhüftgürtel (meine Leserinnen mögen die Bezeichnung korrigieren!). Eins dieser Dinger also, die sich eng an den Körper schmiegen und unten in Spitzenvolants enden. Darunter schaut dann ein sensationelles Paar langer Beine hervor. Bei dem frechen Mieder juckt es jedem anständigen Mann in den Fingerspitzen.

Normalerweise lassen die Abzüge in den Zeitungen zu wünschen übrig. So ist es auch bei diesem hier, aber technisch ist das Foto einwandfrei. Man merkt, daß der Mann im Labor sorgfältig gearbeitet und darauf geachtet hat, daß der Abzug nicht schmierte und gut kam. Und wie er gekommen ist! Ich denke gar nicht dran, einen Auftrag sausenzulassen, bei dem mir solche Rassefrauen über den Weg laufen. Nicht ums Verrecken!

Ich sehe Hélène an.

„Dem Text nach ist das ein Modell von Natascha, hm?“

Meine Sekretärin lächelt amüsiert.

„Stimmt“, sagt sie, „allerdings weder von ihr selbst noch

von ihrer Teilhaberin vorgestellt. Aber seien Sie doch nicht so nervös."

„Ich bin doch nicht nervös."

„Schön. Wenn dieses bewundernswerte Wesen Ihren Blick noch nicht völlig getrübt hat, dann lesen Sie mal, was darunter steht. Unter der Unterwäsche. Müßte Sie auf eine Idee bringen, wie Sie die Bekanntschaft Ihrer Russinnen machen könnten. Sie werden am Dienstag... heute ist Samstag... also in drei Tagen... in ihren Geschäftsräumen die neue Kollektion der Saison vorführen. Meine Freundin Jacqueline hat mir eine Einladung besorgt..."

Sie holt die Karte aus ihrer Tasche.

„Müßte schon mit dem Teufel zugehen, wenn Sie im Laufe dieser Veranstaltung keinen... äh... Kontakt bekämen!"

„Nun ja! Gar keine schlechte Idee. Warum lachen Sie?"

Hélène will sich schier totlachen vor Vergnügen.

„Ach, nichts", bringt sie prustend hervor.

Nichts zu machen. Ich zucke die Achseln und widme mich dem Text unter dem Foto.

Nächsten Dienstag wird Natascha, die bekannte Schöpferin modischer Dessous, in den Räumen ihres Fachgeschäfts am Boulevard Haussmann ihre neuesten Kreationen vorstellen. Es ist die erste Vorführung dieser Art, bei der kein...

Scheiße!

„Was ist los?" fragt Hélène mühsam, immer noch von einem Lachkrampf geschüttelt.

So langsam ahne ich den Grund. Dieses verdammte Biest! Sich so über meinen Sexualtrieb lustig zu machen! Das ist unfair.

„Was los ist? Sie besitzen die Frechheit, mich zu fragen, was los ist? Sie verarschen mich, das ist los! Mir wird heiß und kalt, und Sie lachen! Männer sind bei der Vorführung nicht zugelassen. Sie können die verdammte Karte behalten."

„Klar! Männer sind nicht erwünscht. Versteht sich doch von selbst. Aber wo liegt das Problem?"

„Soll ich mich etwa als Mädchen verkleiden?"

„Warum nicht? Sie würden ein niedliches kleines Ding abgeben, davon bin ich überzeugt."

„Niedlich paßt genau. Aber für so was bin ich nicht zu haben. Ist nicht meine philosophische Richtung."

„Aber, aber ... sollte doch nur 'n Witz sein", beschwichtigt Hélène mich, jetzt wieder ernsthaft geworden. „Ich werde hingehen zu der Vorführung ... Möchte Sie nur bitten, für meinen Einsatz im Interesse der Agentur Fiat Lux, falls es im Interesse besagter Agentur liegt, einen Fall weiter zu verfolgen, der mir nicht ganz stubenrein scheint ..."

„Kein Kommentar."

„Gut. Dann möchte ich Sie bitten, mir ohne Kommentar einen Betrag zur Verfügung zu stellen. Für den Fall, daß mir eine der Kreationen über alle Maßen gefällt."

„Genehmigt. Aber einfach nur zusehen und kaufen, das wird nicht reichen."

„Weiß ich. Ich soll versuchen, so ... äh ... hautnah wie möglich an eine der beiden Frauen ranzukommen, besser noch an beide. Das wird wohl gehen. Hinterher gibt's nämlich noch einen Cocktail, steht auf der Einladung. Sie haben doch sicher schon über das herzliche Geplauder bei Banketts gehört, oder? Bei Cocktails ist es ähnlich. Verlassen Sie sich auf mich. Bei dieser Exklusivparty wird's schon klappen. Alles, was rauszuholen ist, hole ich raus und bring's mit."

„Sehr schön. Sie sind ein Schatz. Hoffen wir, daß bis Dienstag nichts passiert und wir nicht unsere Taktik ändern müssen. Ich möchte Sie nicht um ein Geschenk von mir bringen."

„Was soll denn passieren?"

„Weiß ich nicht. Ich muß nur immer an diese Quittung denken."

„Wär Kommissar Faroux nicht schon längst hier aufgekreuzt, wenn die Flics den Wisch gefunden hätten?"

„O ja! Eher zweimal als keinmal."

„Und? Goldys Mörder hätte sich doch auch schon gemeldet. Vorausgesetzt, daß er die Quittung bei der Leiche gefunden hat und sie für wichtig hält."

„Vielleicht auch nicht. Er hält sich zurück."

Nachdenklich zünde ich mir eine Pfeife an.

„Kommen Sie", sagt Hélène aufmunternd, „lassen Sie sich deswegen doch keine grauen Haare wachsen."

„Sie haben recht. Das soll uns nicht um den Schlaf bringen. Aber je länger ich nachdenke, desto klarer wird mir, was ich von Goldy zu halten habe. Ein armer Irrer, geheimnisvoll hoch drei. Und arme Irre wie er sind meistens in ernstere Sachen als eine gewöhnliche Erpressung verwickelt."

„Das sagten Sie bereits."

„Soll ich's nochmal sagen? Goldy ist hierhergekommen, legte aber keinen gesteigerten Wert darauf, daß es jemand erfuhr. Hat mir auf einem Weg Geld geschickt, der so gut wie keine Spuren hinterläßt. Die Quittung ist das einzige, was seinen Hilferuf beweist – also wird er sie vernichtet haben, sobald er hier weggegangen war. Ein Falschspieler, dieser Goldy, vorsichtig und alles. Jetzt ist er tot, aber trotzdem... hat mich auf ein Geheimnis angesetzt, daß ich k.o.-schlagen muß. Bin ich mir selbst schuldig."

Nach diesem gelungenen Schlußwort gehen wir essen.

An diesem Samstag passiert nichts Aufregendes mehr.

* * *

Der Sonntag verläuft ruhig.

Der Montag ebenfalls.

Die Zeitungen schreiben nichts mehr über den plötzlichen Tod des Diamantenhändlers. So weit ich mich auch aus dem Fenster lehne, nirgendwo entdecke ich einen Passanten, der aussieht wie ein Flic. Auch keinen, der einen Herzkranken so lange verprügeln würde, bis der Tod eintritt. Aber ich bin mir gar nicht sicher, ob solche Mörder was Besonderes an sich haben. Na ja, jedenfalls glaub ich, daß ich mit der Quittung richtig getippt habe. Niemand hat sie gefunden, niemand wird sie finden. Omer Goldy hat sie vernichtet.

Zu Tchang-Pou nichts Neues. Roger Zavatter hat immer noch den Auftrag, ihm hinterherzurennen. Aber dabei wird er sich wohl kaum die Hacken schieflaufen. Der Chinese bewegt sich praktisch nicht aus seiner Höhle fort. Reboul dagegen hab ich nach Hause geschickt. Er fiel schon so langsam auf. Außerdem würde ihm eher der Arm wieder wachsen, als daß die Leiche der Blonden aus dem Haus geschafft würde. Wenn sie bis jetzt nicht abtransportiert worden ist, wird das überhaupt nicht mehr passieren. Tchang-Pou hat sie bestimmt seinen Gästen vorgesetzt. Hübsch garniert natürlich. Neulich wollte ich damit eigentlich einen Witz machen. Aber heute glaube ich, das war gar keiner.

Ganz langsam kommt der Dienstag näher.

* * *

Mit ihren gepflegten Fingerchen, zart und duftend, streicht mir Hélène über die Wange.

„Sie haben sich nicht rasiert", bemerkt sie.

„Gar nicht nötig, daß Sie anfassen", antworte ich. „Das sieht man auf drei Meter Entfernung. Hab mich seit Sonntag abend nicht rasiert. Das wissen Sie doch."

„Seit Sonntag abend?"

„Ja."

„Ein Gelübde?"

„So ungefähr. Aber mal im Ernst: Sind Sie auf Zack?"

„Jawohl, M'sieur."

„Und wann genau beginnt diese verdammte Vorführung?"

„Sozusagen jeden Augenblick ..."

Sie sieht auf die Uhr.

„Jetzt ist es drei. Halb fünf soll's losgehen."

„Gut. Hören Sie zu. Ich will Ihnen nicht mit genauen Instruktionen auf den Wecker gehen, die sowieso zu nichts taugen. Sie wissen genausogut wie ich, was zu tun ist. Lassen

Sie sich nur von Ihrem hübschen Näschen leiten. Das ist meistens das Beste. Aber ich hab da 'ne Idee. Sie können sie ja verwenden, wenn Sie's für nötig halten."

Ich gebe ihr eine rosa Karte von der Taverne du Brûlot, aus der Werkstatt von Tchang-Pou.

„Was soll ich damit?" fragt Hélène.

„Lassen Sie sie einfach irgendwo im Laden rumliegen. Und zwar so, daß Natascha oder Sonia das Ding sehen müssen. Die Reaktion könnte für uns interessant sein."

Hélène verzieht das Gesicht. Mein Trick haut sie nicht grade um.

„Ich geb's ja zu: genial ist die Idee nicht", räume ich ein. „Besser wär's in jeder Hinsicht, wenn Sie die beste Freundin der beiden würden. Nur... vielleicht ist das gar nicht so einfach. Als allerletztes Mittel kann dann das Kärtchen herhalten. Wenn wir sonst schon nichts wissen, könnten wir dadurch wenigstens rauskriegen, welche der Damen sich erschrecken läßt..."

„Ja, natürlich. Gut, ich nehm sie mit. Aber ich mach das nur, wenn mir nichts anderes mehr einfällt."

„Genauso hab ich's gemeint."

Hélène sieht wieder auf ihre Uhr.

„Jetzt muß ich aber rennen. Auf Wiedersehn, M'sieur."

Sie zwinkert mir lächelnd zu.

„Wenn Sie etwas besser rasiert wären, würd ich Sie küssen."

„Auf den Zähnen hab ich doch keine Haare..." sage ich.

Außer einem Lächeln ernte ich jedoch nichts. Meine Sekretärin dreht sich um und klappert auf ihren hohen Absätzen davon, hin zum Rascheln und Knistern, zum Satin, zur Seide, zum Nylon, zum Flitterkram und zu den Spitzen, die die Kreationen schmücken wie die pikanten und erregenden Namen: *Gurrender Frühling... Kleine Gala... Taumel...*

Und ich sitze hier im Sessel in meinem Büro und lausche dem Lärm der Rue des Petits-Champs, rauche Pfeife und streiche mir sanft über die knisternden Stoppeln. Mich nicht zu rasieren war 'ne reine Vorsichtsmaßnahme. Aber jetzt frag ich mich, ob ich nicht den Rasierapparat hervorholen soll ... und mich dann als staatlich geprüfter Vamp verkleiden ... und dann dorthin gehen, wohin meine Sekretärin geht ...

Schließlich halte ich es aber doch für gescheiter, Ordnung in das ganze Durcheinander zu bringen. Neben mir steht hilfsbereit eine Flasche Scotch. Übrigens das Geschenk einer der schönsten Frauen von Paris.

7

Hélènes Bericht

Das kann ja heiter werden!

Schon ganz in der Nähe des Ladens dieser Natascha überfällt es mich schockartig. Sofort halte ich mir 'ne Standpauke: „Mein liebes Mädchen! Wenn du dich nicht beherrschen kannst, wenn du so leicht nervös wirst, kannst du deinen Auftrag wohl nicht erledigen." Aber ich kann mich noch so sehr anbrüllen, nervös bin ich trotzdem.

Vor dem Wäschegeschäft steht eine Gruppe Frauen. Klatsch und Tratsch hilft den Damen, die Wartezeit bis zum Beginn der Vorstellung zu verkürzen. Mitten unter ihnen entdecke ich eine merkwürdige Gestalt: in der Hand einen grauenhaften Sonnenschirm, auf dem Kopf blühende Teerosen auf grünem Satin. Sie trägt ein weißes Kleid, das Oberteil ist mit englischer Stickerei verziert.

Ich kenne die Frau nicht, weiß aber sofort, wer sie ist. Sie hat mich nur zwei- oder dreimal gesehen. Das beruhigt mich etwas. Aber sie soll Augen haben wie ein Luchs, wie Nestor Burma sagen würde. Sie ist nämlich die Konkurrentin meines Chefs. Hätte ihn am besten heiraten sollen. Das ideale Paar, was die Gehirntätigkeit betrifft. Die Dame heißt Elvire Prentice. Kümmert sich auch um das, was sie nichts angeht, vertreibt sich ihre Freizeit mit Rätselraten.

Warum ist sie wohl hier? Will sie sich in aller Unschuld Miederwaren vorführen lassen, die denen aus ihrer Jugendzeit nur entfernt ähneln? Oder hat sie auch von irgendetwas Wind bekommen? Kreuzen sich hier ihre Wege und die von Nestor Burma? Wenn das so ist, gibt das 'ne komische Vorstellung.

Na ja, wir werden sehen. Hoffentlich erkennt sie mich

nicht! ‚Oh! Guten Tag, meine Kleine! Immer noch bei dem Privatflic, diesem Tyrannen? Wie geht's unserem lieben Nestor? Gräbt er immer noch Leichen aus?' Mein Gott, das hätte mir grade noch gefehlt!

Ich atme tief durch und gehe um die schnatternden Gänse herum auf einen Zeitungskiosk zu. Dort tue ich so, als blättere ich in Modezeitschriften, und warte auf die Dinge, die da kommen werden.

Ich drehe mich wieder um. Die Gruppe – mittendrin Elvire – steht immer noch da... zusammen mit einer weiteren unangenehmen Überraschung; es sind noch einige Frauen hinzugekommen, darunter auch bekannte Gesichter: die temperamentvolle Valentine de..., neben ihr Colette Renard alias Irma la Douce, nach dem Titel des Theaterstückes von Alexandre Breffort, das zur Zeit im Gramont gegeben wird. Also, ich glaub, ich lasse meine Mission sausen. Ich kenne wirklich zu viele Leute. Kaum anzunehmen, daß mich niemand bemerkt. Aber ich höre schon, wie Nestor Burma herumfluchen wird. Das erinnert mich wieder an Realitätssinn und Verantwortungsgefühl. Übrigens sind Valentine de... und Irma la Douce weitergegangen. Haben wohl nur eine Freundin begleitet. Bleibt also noch Elvire Prentice. Jetzt betritt sie das Geschäft. Ich warte eine Minute, dann gehe ich ebenfalls hinein. Alle diese Frauen, die mich wiedererkennen könnten, haben mich nervös gemacht. Dazu kommt noch das Wetter: gewittrig, drückend, feucht, wie ein schwüler Sommernachmittag. Wir haben zwar erst Frühling, aber durch diese Scheißkriege haben sich die Jahreszeiten verschoben.

Die Modenschau findet im ersten Stock statt. Im Geschäft unten geht der Verkauf weiter. Ich folge dem Strom derer, die sich offensichtlich auskennen, auf eine Treppe hinter einem Vorhang. Weit und breit keine Elvire Prentice zu sehen. Sie ist bestimmt schon oben. Ich lasse die geschwätzigen Elstern vorgehen.

Oben an der Treppe empfangen mich zwei Frauen. Die eine ist jung, blond, gertenschlank. Die andere hat die Fünfzig hinter sich, streng, aber geschmackvoll gekleidet, brünett, dunkler Teint, leicht geschlitzte Augen, vorspringende Wangenknochen. Ihr langes Haar, altmodisch in einem dicken Knoten im Nacken zusammengesteckt, wird an den Schläfen so langsam grau. Langsam. Ganz langsam. Früher muß sie mal sehr schön gewesen sein. Der einzige schwache Punkt an diesem wohlproportionierten Körper sind die Finger: weder zart noch grazil, sondern dick. Schade. In diesen mißglückten Fingern hält sie einen Stift und ein Notizbuch, so als wolle sie eine Bestellung aufnehmen oder irgendeine Eintragung machen.

Blond und Braun lächeln mich an. Ein stereotypes Lächeln, die geschäftstüchtige Luxusausgabe.

„Ihre Einladung, bitte", sagt die Blonde.

Also wirklich, so geht's nicht. Ich träume zuviel vor mich hin. Hätte mir doch denken können, daß man kontrolliert wird. Die Einladung ist natürlich noch in meiner Tasche. Ich öffne sie und wühle in dem üblichen Durcheinander. Endlich fische ich die Karte zwischen anderen Papieren und Zetteln heraus. Dann laß ich meine Tasche wieder zuschnappen; gleichzeitig bricht der Bleistift der Brünetten ab. Die Blonde sieht die Ältere nicht übermäßig erstaunt an, eher mitleidig.

„Sie sollten ausspannen, Madame Sonia", sagt sie. „Die Vorbereitung der neuen Kollektion hat Sie zu sehr angestrengt, wie immer."

„Ach!" seufzt Madame Sonia achselzuckend. „Bald haben wir's geschafft..."

Ihre Stimme ist nicht unangenehm. Schleppend, etwas rauh, müde. Der russische Akzent ist kaum hörbar. Sie seufzt noch einmal, betrachtet den abgebrochenen Bleistift in ihrer Hand und wirft ihn dann in eine Glasschale, die hinter ihr auf einem Möbel steht. Auch ihr Notizbuch legt sie zur Seite.

Die Blonde nimmt meine Einladungskarte, dankt mir mit einem Lächeln, das jetzt wieder rein geschäftlich ist. Madame Sonia lächelt mir ebenfalls zu, allerdings gezwungen. Ihr

Gesicht, plötzlich blaß geworden, hat sich fast schmerzlich verzerrt.

„Sie müssen mich entschuldigen", sagt sie. „Aber Sie können sich nicht vorstellen, wie aufreibend unsere Arbeit ist ..."

„Aber ich bitte Sie ..."

„Sie sind ..." fährt sie fort. „Sie ... sind Sie von einer Zeitung oder ..."

Jetzt weiß sie nicht mehr so recht weiter.

„Ich mache eine Vertretung beim *Crépuscule*", antworte ich. „Das heißt ..."

Mir kommt soeben in den Sinn, daß vielleicht die Modejournalistin des *Crépu* schon hier ist. Zwei Berichterstatter, das könnte verdächtig wirken.

„Eigentlich fange ich erst an", erkläre ich, „man hat mir eine Chance gegeben ... so was wie ein Test ... um zu sehen, was ich so kann ..."

„Hm ... ich bin immer dafür, junge Talente zu fördern", sagt Sonia und durchbohrt mich mit ihrem Blick. „Erlauben Sie, daß ich Sie auf einen günstigen Platz setze, von dem Sie unsere Mannequins am besten sehen können."

„Ich möchte eigentlich nicht ..."

„Doch, doch. Kommen Sie, folgen Sie mir ..."

Ich folge ihr.

Wir kommen in einen luxuriösen Salon, der erfüllt ist vom Geplapper der anwesenden Damen. Die Wände sind mit Samtstoff bezogen. Sehr angenehm fürs Auge. Leichtes, angenehmes Parfüm hängt in der Luft. Vorne ist ein Podium aufgebaut, über das die Mannequins schreiten werden. Fast alle Plätze sind schon besetzt. Eine Frau geht von einem Gast zum anderen, aufgeregt, geschäftig, überschwenglich, für jeden das passende Wort, eine typische Russin. Es ist die Frau, die ich bei meiner ersten Stippvisite im Geschäft unten gesehen habe. Natascha. Madame Natascha Spiridowitsch.

Ihr bläulich gefärbtes Haar ist kunstvoll geschnitten und frisiert. Sie ist kleiner als ihre Geschäftspartnerin, auch dünner; dafür wirkt sie herrischer, sehr herrisch sogar. Trotzdem besteht zwischen den beiden Frauen so etwas wie Familienähnlichkeit. Vielleicht weil sie schon seit langem (wie lange wohl?) einen gemeinsamen Kampf an der Front für Luxuswäsche führen. Vielleicht aber auch nur, weil sie derselben Nationalität angehören. Ich sollte wirklich keine Haarspalterei betreiben, ob das Haar nun lang oder kurz ist, im Knoten, naturfarben oder gefärbt.

Wir schlängeln uns also zwischen den Stühlen hindurch. Sonia versucht, einen zu finden, der meiner würdig ist, und ich einen, der nicht grade neben Elvire Prentice steht. Ich sehe ihre blühenden Teerosen über den anderen Hütchen, die zwar genauso lächerlich, aber weniger auffallend sind. Erleichtert stelle ich fest, daß wir uns nicht in ihre Richtung bewegen. Von dieser Seite aus droht also momentan keine Gefahr.

Die andere Gastgeberin geht immer noch durch die Reihen, und so müssen wir uns zwangsläufig in die Quere kommen. Sonia stellt mich vor. Ich murmele so leise wie möglich meinen Namen. Die beiden Damen schreiben das der Schüchternheit zu, von der alle Anfängerinnen befallen sind. Mit einem aufmunternden Lächeln flattert Natascha wieder davon, beschwingt hüftenschwingend, r- und augenrollend.

Sonia setzt mich in einen der Sessel, die ganz in der Nähe des Podiums stehen. Sehen aus, als seien sie für besondere Gäste reserviert. Sie fragt mich, ob's mir recht sei, ich sage ja, und sie läßt mich allein.

Gleichgültig sehe ich ihr hinterher. Sie bleibt hier und dort bei einer Bekannten stehen, wechselt ein paar Worte. Mir wird plötzlich traurig zumute. Ich hole einen Lippenstift aus meiner Tasche und ziehe meine Lippen nach. Da fällt mein Blick ins Innere der Tasche.

Ohne es zu wollen, habe ich ins Schwarze getroffen. Wir beide nehmen uns alles so zu Herzen, Sonia und ich. Wir könnten uns eigentlich gut verstehen. Zum Vorteil von Nestor Burma.

* * *

Nach und nach füllen sich die letzten Lücken. Die Vorführung der neuen Kollektion beginnt mit einer knappen Stunde Verspätung. Madame Natascha begrüßt uns dreisprachig. Zuerst auf französisch mit russischem Akzent, dann auf englisch mit französischem Akzent, zum Schluß auf deutsch mit Akzent unbestimmbarer Herkunft. Dann gibt sie ein Zeichen, und es geht los. Eine lange Bohnenstange, die sich irgendwo – hier oder bei der Konkurrenz – einen vorteilhaften Büstenhalter kaufen sollte, kündigt die Modelle an. Für jeden Geschmack ist was dabei. Alle Modelle sind unerhört elegant und verführerisch. Die Mannequins ebenfalls. Ich freue mich jetzt schon auf das Gesicht des dynamischen Detektivs, wenn ich ihm die ganze Pracht beschreiben werde. Aber ich werde ihm nicht verraten, für welches gewagte unzüchtige Teil ich mich entscheide.

Plötzlich spüre ich jemanden hinter mir. Hat sich vielleicht Madame Elvire...? Ich erschauere. Zu allem entschlossen, drehe ich mich um. Nein, hinter mir sitzt nicht Madame Elvire, sondern Madame Sonia. Sie hat mich so sehr mit ihrem Blick durchbohrt, daß ich es gespürt habe. Wir sehen uns an; sie bemüht sich, etwas sanfter zu wirken, und lächelt mich an. Zuckersüß wird es aber dennoch nicht.

Die Vorführung ist zu Ende. Alle halten es für notwendig, in Begeisterungsstürme auszubrechen. Ein herrliches Chaos. Beim Defilee der Mannequins hat man sich schon *en détail* begeistert, jetzt tut man's *en gros*. Natascha, Sonia und die lange Bohnenstange nehmen dankend Glückwünsche und Lobhudelei entgegen. Eine dicke Matrone neben mir säuselt ihrer ebenbürtigen Freundin zu, sie habe ihr Auge auf den *Kleinen Wunsch* geworfen. Wenn man bedenkt, für welchen Taillenumfang der *Kleine Wunsch* entworfen worden ist... Ich muß mich beherrschen, daß ich nicht laut lospruste.

„Und jetzt, meine lieben Freundinnen, meine Damen", verkündet Natascha, „wenn Sie sich bitte nach nebenan begeben möchten..."

Man begibt sich nicht, man stürzt in den Salon nebenan.

Hinter einem Buffet warten vier Serviererinnen in Rosa und Weiß, fast in Habachtstellung. In kostbaren Porzellanschalen und auf Silbertabletts türmen sich *petits fours*, Kuchen, kleine Sandwiches usw. An Getränken stehen Obstsäfte, Soda, Kirsch, Chartreuse und – Rußland verpflichtet! – Wodka bereit.

Die Gläser klingen. Die *petits fours* verschwinden in den aufgerissenen Mündern. Die Türme sind nur noch halb so hoch. Bei dieser Fresserei wird keine der Anwesenden das Zeug anziehen können, das uns soeben gezeigt wurde. Nur die Mannequins, die sich unter die Gäste gemischt haben, achten auf ihre Linie. Lustlos knabbern sie an ungefährlichem Zwieback.

Sonia weicht mir nicht von der Seite. Sorgt wie eine Mutter für mich. Ich bin ihr offensichtlich ins Auge gesprungen. Genauer gesagt: nicht eigentlich ich bin ihr ins Auge gesprungen, aus dem sie mich jetzt nicht mehr läßt. Ich bitte sie um ein Gläschen Wodka.

„Sie mögen Wodka, meine Kleine?"

„Also eigentlich... Ich muß Ihnen gestehen... ich hab noch nie welchen getrunken... aber ich nehme an, für eine Journalistin..."

„Na schön..."

Sie winkt eins der Mädchen zu sich.

„Zwei Wodka, bitte."

Beide Gläser sind großzügig bemessen. Ich trinke. Schmeckt nach gar nichts, trinkt sich wie Wasser, wie glasklares Wasser. Unmittelbar darauf jedoch wärmt es den Magen, und man fühlt sich irgendwie wohl.

Sonia leert ihr Glas wie ein Kosak und stellt es auf ein Tablett.

„Und, meine Kleine? Was sagen Sie dazu?"

Ich sage was dazu.

„Zu Hause bei mir", sagt Sonia, „steht ein noch viel besserer Wodka."

Sie erinnert mich an den Kerl, der mir seine japanische

Briefmarkensammlung zeigen wollte. Aber ich weiß, was ich weiß, und ich weiß, daß das nicht gemeint ist.

„So?“ frage ich lachend. „Vielleicht laß ich mich noch irgendwann mal zu Ihnen einladen, Madame.“

„Nennen Sie mich Sonia“, sagt sie. „Wenn es Sie nicht stört.“

„Oh nein!“

„Und wie war Ihr Vorname? Sie haben ihn genannt, aber ich hab ihn vergessen. Sie können sich nicht vorstellen, wie anstrengend die Vorbereitungen für eine solche Modenschau sind. Monatelang lebt man unter ständiger Anspannung. Und wenn der große Tag kommt, ist es noch schlimmer. Man ist völlig abgestumpft.“

„Hélène“, sage ich.

„Ach ja, stimmt. Hélène.“

Sie wiederholt meinen Namen, vielleicht zum Vergnügen, vielleicht aus einem anderen Grund.

„Hat Ihnen die Vorführung gefallen, Hélène?“ erkundigt sie sich.

„Oh ja!“

„Wird es Ihnen gelingen, einen guten Artikel für Ihre Zeitung zu schreiben?“

„Ich hoffe.“

„Wann wird er fertig sein?“

„Oh, das eilt nicht. Das ist nur ein Test für mich. Ich glaube nicht, daß der Artikel erscheinen wird.“

„Ja, natürlich ... Sagen Sie, würde Sie eine Reportage interessieren ... ich meine eine ganze Serie ... über die Herstellung von Luxuswäsche?“

„Auf jeden Fall ...“ Ich zwinkere ihr zu. „... würde das unsere Leser interessieren. Vor allem die Fotos. Aber es müßte auch meinen Chefredakteur interessieren.“

„Das wird es bestimmt! Vielleicht ist eine Reportage nicht das richtige Wort. Ich meine mehr eine Pariser Serie ... Die Einzelheiten könnte ich Ihnen liefern. Mehr die anekdotische Seite als die technische, wenn Sie verstehen, was ich damit meine. So was wie ... wie das Buch von eurem großen Couturier, Paul Poiret ... wie hieß es noch gleich ..."

„*Kundschaft in Knitterfalten*", helfe ich ihr auf die Sprünge.

„Richtig! Genau das! Ich bin sicher, das wird Ihren Chefredakteur interessieren."

„Ich müßte ihn erst mal fragen."

„Meine liebe Hélène! Man merkt, daß Sie Anfängerin sind. Sie unterbreiten ihm Ihr Projekt, er findet die Idee ausgezeichnet und beauftragt damit ... eine bekanntere Kollegin. Nein, Sie müssen ihm alles fix und fertig auf den Tisch legen. Ich werde darüber nachdenken."

Danach wechselt sie das Gesprächsthema.

Die Zeit vergeht. Es bleiben nicht mehr viele *petits fours*, Kuchen und Sandwiches übrig. Die meisten Gäste sind gegangen ... vielleicht zur nächsten Cocktailparty. Auch Elvire Prentice ist mit dem ersten Schwung verschwunden. Kann mir nur recht sein.

Nach und nach gehen auch die anderen. Bis auf drei, die mit Natascha und der Bohnenstange quatschen. Gleichzeitig schielen sie auf die drei einsamen *petits fours* (genau drei, keiner mehr, keiner weniger!) und lauern darauf, daß eine von ihnen sich zum Angriff entschließt ... um es ihr dann sofort gleichzutun. Das Gespräch zwischen Sonia und mir schleppt sich träge dahin. Endlich sind die drei *petits fours* weg und mit ihnen die drei Damen. Natascha begleitet sie zur Treppe. Ich erhebe mich aus meinem Sessel.

„Nun, Sonia", beginne ich, „hat mich sehr gefreut, Ihre Bekanntschaft zu machen. Ich hoffe, wir sehen uns wieder. Aber jetzt muß ich gehen."

„Nein!"

Sonia hat fast aufgeschrien. Ich sehe sie überrascht an. Jetzt zeigt sie wieder ein liebenswürdiges, lächelndes Gesicht. Sie wendet sich an ihre Partnerin, die inzwischen zurückgekommen ist.

„Natascha, meine Liebe", flötet sie, „ich hab dir doch

diese junge Dame vorgestellt, nicht wahr? Hélène."

Natascha nickt. Sie ist zu höflich, um mir zu sagen: ‚Mach, daß du wegkommst! Hier gibt's nichts mehr zu fressen.' Aber sie denkt es bestimmt. Und zwar auf russisch. Das dürfte noch etwas deftiger ausfallen.

„Mademoiselle hat bei der Zeitung angefangen", sagt Sonia erklärend. „Und ich hab mir gedacht..."

Sie sagt, was sie sich gedacht hat: Pariser Reportage oder Gespräch zwischen einem luftigen Büstenhalter mit Pfiff und einem Slip mit Volants.

„Ich bin todmüde", sagt Natascha und läßt sich in den erstbesten Sessel plumpsen. „Ich würde Ihrer jungen Freundin gerne helfen. Nichts lieber als das."

„Und das wär immerhin eine gute Reklame für uns", fügt Sonia hinzu.

„Ich bin todmüde", wiederholt Natascha.

Sie steht auf und schleppt sich zum verwüsteten Buffet, das die Serviererinnen gerade abräumen. Dort gießt sie sich eine Portion Wodka ein, die einen tscherkessischen Kosaken umgehauen hätte. Dann sieht sie mich an und sagt:

„Ein andermal, wenn es Ihnen nichts ausmacht. Ich erzähle Ihnen dann alle möglichen Anekdoten, alles, was Sie sich vorstellen können... und ich kenn einige pikante... Aber für heute bin ich erledigt."

„Ich bin auch wie gerädert", sagt Sonia. „Dazu dieses schwüle Wetter. Das Entwerfen der neuen Kollektion, dann heute die Vorführung, die ganze Aufregung... es bringt einen um. Aber Sie wissen doch, meine liebe Natascha, wie ich dagegen ankämpfe, wenn ich nicht acht Tage danach krank im Bett liegen will: ich lenke mich ab, und meine Müdigkeit ist wie weggeblasen. Mademoiselle Hélène kommt wie gerufen. Ihr ein paar prickelnde Geschichtchen aus unserer Branche zu erzählen, für einen Artikel... oder eine ganze Serie... das täte mir jetzt am besten! Warum laden wir sie nicht zu uns zum Abendessen ein?"

Sie sieht mich an:

„Haben Sie schon was vor?"

„Nein, nichts."

„Nun, dann steht dem ja nichts im Wege. Was meinen Sie, Natascha, Liebe?"

Natascha hat inzwischen noch einen Wodka hinuntergekippt. Jetzt liegt sie in einem anderen Sessel. Der erste war ihr vielleicht nicht bequem genug. Mit einer Handbewegung deutet sie an, daß sie todmüde ist und ihre Ruhe haben will.

„Machen Sie, was Sie wollen, Sonia. Ich werde diese Therapie sowieso nie verstehen. Die Müdigkeit mit einer neuen Anstrengung wegblasen! Na ja, wenn Sie so veranlagt sind... Aber rechnen Sie nicht mit mir als schwungvolle Gesprächspartnerin. Ich schlaf bestimmt im Sitzen ein, vor meinem Teller. Hoffentlich kann ich noch Auto fahren."

„Gut", sagt Sonia. „Sie werden sehen, ein Gast wird auch Sie aufmuntern, Natascha."

„Sollte mich wundern. Ich schlafe jetzt schon."

„Aber nein!"

„Was für ein Tag! Na ja, in unserer Branche..."

„Ich werd Olga anrufen. Sie soll ein Gedeck mehr auflegen."

„Moment!" ruft Natascha. „Seien Sie doch nicht russischer, als es erlaubt ist. Haben Sie sich überlegt, wie Mademoiselle zurück nach Paris kommen soll?"

„Bis ein Uhr nachts gehen Züge, und wir wohnen doch sozusagen direkt am Bahnhof."

„Wohnen Sie weit weg?" erkundige ich mich.

„In Sceaux. Kennen Sie es?"

„Ja. Besonders Robinson. Ich war oft dort zum Tanzen."

„Ach! Robinson", wiederholt Natascha höflich.

„Entschuldigen Sie mich", sagt Sonia und geht hinaus. Natascha stößt einen Seufzer aus. Zum Herzerweichen.

„Sie müssen uns für ziemlich exzentrisch halten... impulsiv, stimmt's?"

Ohne mir Zeit zum Antworten zu lassen, fügt sie, abermals seufzend, hinzu:

„Das ist typisch russisch. Und noch zwei weitere Dinge sind typisch russisch: Gespräche und Gastfreundschaft. Werden Sie erwartet? Ich meine nicht jetzt. Ich meine heute nacht."

„Ich werde von niemandem erwartet. Ich kann die ganze Nacht über wegbleiben, wenn ich will."

„Schön, um so besser für Sie, meine Liebe. Würde mich nämlich wundern, wenn Sie den letzten Zug mitkriegen würden, den um eins. Sie wissen nicht, was das heißt: ein Gespräch mit einer Russin beginnen. Das sind die geschwätzigsten Leute der Welt. Und wenn noch ein Samowar in der Nähe steht, gibt's praktisch kein Ende. Man merkt gar nicht, wie die Zeit vergeht. Ich werde Olga zu Hause sagen, sie soll das Gästezimmer herrichten."

„Ich möchte Ihnen nicht lästig fallen..."

„Sie fallen mir nicht lästig. Ich bin todmüde, das ist alles. Werde früh schlafengehen. Sie dürfen mir deswegen nicht böse sein. Sonia hat offensichtlich einen Narren an Ihnen gefressen. Weiß der Teufel, warum. Eine Laune, wie so oft, wenn sie müde ist. Ich widerspreche ihr dann nie, sonst kriegt sie ihre Depression. Sie ist sehr erschöpft. Und in letzter Zeit ist sie etwas eigenartig. Das ist aber nichts Besonderes. Wir sind Entwurzelte..."

Ein sehnsüchtiger Schleier umwölkt ihren Blick.

„Das Eigenartige ist unser Schicksal..."

Sie steht auf und kippt Wodka nach.

„Wenn sie Sie unbedingt zum Essen einladen will", sagt sie und setzt sich wieder, „um Ihnen Anekdoten zu erzählen, dann soll sie's tun... sie ist sehr launisch, wie ich schon gesagt habe. Wundern Sie sich nicht, wenn sie Sie in Sceaux gleich wieder loswerden will. Das ist durchaus möglich. Eine neue Laune."

„Ich möchte Ihnen nicht lästig werden", wiederhole ich.

Natascha wiederholt nun ihrerseits, daß ich ihr nicht lästig sei. Es wäre doch schade, wenn ich die Einladung jetzt nicht annehmen würde. Nein, Natascha ist wirklich nicht drauf aus, den Launen ihrer Geschäftspartnerin entgegenzuarbeiten.

Gerade kommt Sonia zurück.

„So“, sagt sie, „Olga weiß Bescheid.“

Sie geht zum Buffet und genehmigt sich noch einen großzügigen Schluck Wodka. Nach kurzem Zögern nähere ich mich ebenfalls der Wodkaflasche. Wenn ich’s mir recht überlege, kann mir ein weiteres Gläschen nicht schaden.

8

Hélènes Bericht (Fortsetzung)

Es ist schon nach acht, als wir uns in Nataschas Wagen setzen. Ein Kabriolett der Luxusklasse mit sechs Sitzen: drei vorne, drei hinten. Ich klemme mich zwischen meine russischen Freundinnen. Natascha sitzt hinterm Steuer.

Das drohende Gewitter hängt immer noch über Paris. Die Luft ist schwül und feucht. Oder aber ich bin nicht so recht auf dem Posten. Glaub ich aber nicht. Für die gewittrige Luft gibt es objektive Beweise, z. B. der bleigraue Himmel.

Wir verlassen Paris durch die Porte de Châtillon. Sonia wundert sich über die ungewöhnliche Route. Natascha erklärt ihr, daß sie von dem jungen Mädchen (Kopfbewegung in meine Richtung) an Robinson erinnert worden sei. Sie müsse dort noch jemanden treffen. Den Namen kriege ich nicht richtig mit.

Wir fahren durch Châtillon, durch Fontenay-aux-Roses.

Wind kommt auf, warm, unangenehm. Dreck wird hochgewirbelt. Am Himmel wird es nicht mehr hell. Langsam bricht die Nacht herein.

Der Jemand, den Natascha treffen wollte, ist nicht da. Jetzt nehmen wir also Kurs auf Sceaux. Über die Rue Houdan fahren wir in die Stadt hinein. Die Unterhaltung plätschert so dahin.

„Das also ist Sceaux", bemerke ich. Eine völlig überflüssige Bemerkung. Für meine neuen Freundinnen dürfte das nichts Neues sein.

Dann fahren wir an dem Kommunalfriedhof vorbei. Er ist ziemlich bescheiden, und man sieht ihn nicht von weitem. Aber ich weiß, daß er sich hier befindet.

„Hier in Sceaux liegt ein berühmter Mann begraben", spiele ich die Fremdenführerin.

Natascha macht einen plötzlichen Schlenker, so daß wir beinahe auf dem Bürgersteig landen. Dann hält sie das Steuer wieder fest in der Hand. Sie zischt ein paar russische Wörter. Wahrscheinlich Flüche.

„Hab's Ihnen ja gesagt, daß ich todmüde bin", sagt sie und drosselt die Geschwindigkeit. „Ich schlafe hinterm Steuer ein... Na ja, wir sind gleich da..."

Sie gähnt.

„Was haben Sie gerade gesagt?" erkundigt sie sich. „Was war mit dem berühmten Mann?"

„Valentin le Désossé", sage ich. „Sie wissen doch, wer das war, oder?"

„Der Tänzer vom Moulin-Rouge?... Partner von La Goulue?..." Sie lacht. „Hab den Film von John Huston gesehen..."

„Doch nicht etwa, um Toulouse-Lautrec kennenzulernen, nehme ich an?"

„Nein, natürlich nicht. Also, dieser Valentin..."

„... wurde hier auf dem Friedhof von Sceaux beigesetzt. In der Gruft der Familie Renaudin. Das wissen nur wenige."

„Das wußte ich auch nicht."

„Valentin war ein Renaudin. Sein Bruder war hier Notar. Eine ganz andere Richtung."

„Kann man wohl sagen. Hier gibt's auch eine Rue Marguerite Renaudin, ein paar Straßen weiter."

„Die Frau des Notars. Schwägerin des Tänzers."

„Sie wissen ja gut Bescheid", sagt Sonia anerkennend.

„Na ja... Schließlich bin ich Journalistin, oder? Fang zwar erst grade an, aber trotzdem..."

„Hochinteressant", sagt Natascha, müde seufzend. Dann widmet sie ihre Aufmerksamkeit wieder ganz dem Autofahren, damit ihr nicht noch so ein Schlenker wie eben passiert.

Wir fahren über die Kreuzung, dann an einem öffentlichen Park mit abgetretenem Rasen entlang, an einem Tennisplatz.

Schließlich biegen wir in eine Avenue ein. Links und rechts dichte Bäume, dahinter hübsche, ansehnliche Villen, in den Fenstern Frühlingsblumen. Jetzt nach rechts. Auf einem blauen Straßenschild mit abgeblätterter Emaille lese ich: Boulevard Jean-Bouret. Natascha hält vor der Nummer 21.

Das zweistöckige Haus ist im normannischen Stil gebaut. Weiße Fensterrahmen, auf dem Dach pittoreske Mansardenfenster. Der Garten vor dem Haus ist durch eine efeubewachsene Mauer von der Straße getrennt. Hinter dem Haus erheben sich wunderschöne hohe Bäume.

„Hier wären wir", sagt Sonia.

Wir steigen aus. Trotz Polizeiverordnung hupt Natascha zweimal, zerreißt die Stille dieser ländlichen Idylle. Daraufhin erscheint ein Mann hinter dem Gittertor, kommt heraus auf den Bürgersteig. Er hält sich kerzengrade, hat ein kantiges Kinn, hervorspringende Backenknochen, blaue Augen und Falten im Gesicht, wie es faltiger nicht geht. Zu seiner grünen Schirmmütze trägt er einen braunen Pullover (nicht mehr ganz neu, aber immerhin nicht so alt wie er selbst!), und eine khakifarbene Hose mit aufgesetzten Taschen an jeder Seite, die schlaff herunterhängen. Ein Übriggebliebener der Armee Wrangel, schießt es mir durch den Kopf, bekleidet mit Resten aus amerikanischen Armeebeständen. Find ich aber gar nicht komisch.

Er nimmt seine Mütze ab und sagt etwas auf russisch. Wohl so was wie 'ne Begrüßung. Sonia und Natascha antworten ihm; Natascha gibt ihm einen Schlüssel. Damit schließt er die Garage auf. Natascha fährt den Wagen hinein. Sonia und ich gehen durch den Garten aufs Haus zu. Ich höre ein dumpfes Rollen.

„Wurde wohl höchste Zeit", bemerke ich.

Sonia sieht mich fragend an.

„Das Gewitter", füge ich erklärend hinzu.

„Gewitter? ... Ach ja, das Rollen ... Da ist aber kein Donnern. Das ist die Metro. Die Linie führt auf der anderen Seite vorbei ... gleich hinterm Haus."

„Jedenfalls wird es nicht mehr lange dauern."

Ich zeige auf die hohen Bäume, die von einem stürmischen Wind hin- und herbewegt werden. Das verheißt nichts Gutes. Die schwarzen Wolken jagen über den Himmel, aber vom Horizont steigen immer wieder neue auf.

Sonia zuckt die Achseln.

„Im Haus regnet es nicht", bemerkt sie.

Unter unseren Füßen knirscht der Kies.

* * *

„Endlich Ruhe!" ruft Natascha.

Daß sie todmüde ist, wissen wir ja jetzt alle. Auch sie scheint es begriffen zu haben und verzichtet darauf, es nochmals zu wiederholen. Sie wirft sich in einen Sessel, streift ihre Schuhe ab und reibt die Füße gegeneinander. Wieder seufzt sie tief auf. Dann zieht sie ein Kästchen zu sich ran, holt eine Tabakdose raus und dazu eine Pfeife, die noch eingerauchter aussieht als Nestor Burmas Stierkopf. Sie stopft sich die Pfeife, zündet sie an und raucht glücklich und zufrieden.

„Sehen Sie, das kann ich mir den ganzen Tag über nicht erlauben", sagt sie lächelnd. „Sie scheinen überrascht?"

Ich lächle verlegen.

„Na ja...", stottere ich.

„Aber hören Sie mal", sagt Sonia. „Tun Sie nicht naiver, als Sie sind. Wollen Sie mal probieren?"

„Was? Pfeiferauchen?"

„Warum nicht?"

„Nein, danke."

Und damit man mir nicht eine gewaltsam zwischen die Lippen schiebt, zünde ich mir schnell eine Zigarette an. Natascha durchschaut das Manöver und lacht herzhaft. Nach ihrem Heiterkeitsausbruch sagt sie zu Sonia:

„Sagen Sie Olga bitte, sie soll sich beeilen, ja? Ich will nicht zu spät schlafengehen."

Sonia geht in die Küche. Natascha zieht schweigend genießerisch an ihrer Pfeife. Ich seh mich neugierig im Salon um. Er ist kostbar möbliert, was mich nicht überrascht. Natascha muß ein hübsches Vermögen besitzen. Vor allem fällt mir eine Vitrine auf, die eine ganze Wand ausfüllt. Sie enthält ein gutes Dutzend militärischer Uniformen.

„Vom Garderegiment und von einer Hundertschaft Donkosaken", erklärt mir meine Gastgeberin. Ihr entgeht keine meiner Bewegungen. „Ein kleines Museum. Nicht das einzige. Viele von uns haben diese Reliquien gesammelt."

„Wir können essen", verkündet Sonia, als sie zurückkommt.

Natascha legt ihre Pfeife zur Seite, steht auf und geht auf Strümpfen ins Eßzimmer. Wir folgen ihr.

* * *

Das Abendessen verläuft nicht sehr fröhlich. Wir werden von Olga bedient. Die Alte versteht nur Russisch, und das auch nur, wenn es ihr ins Ohr gebrüllt wird. Sie ist nämlich taub. Das wirkt nicht erheiternd auf die Stimmung. Aber vielleicht hält die Schreierei Natascha und Sonia wach. Doch nach einer Weile gewinnt die Müdigkeit wieder Oberwasser. Die beiden Geschäftsfrauen können ihr kaum noch widerstehen. Sonia hat zwar versucht, mir ein paar Anekdoten zu erzählen (die versprochenen pikanten Anekdoten!), aber ohne rechte Begeisterung. Lustlos frage ich mich, was ich hier verloren habe. Hab das Gefühl, daß meine Aktion 'n glatter Reinfall war. Aber trotzdem ... Plötzlich spüre ich eine tückische Benommenheit. Ich schüttle mich ... und scheine damit die Elemente zu entfesseln! Ein plötzlicher Windstoß wirft einen schlecht befestigten Fensterladen gegen das Fenster. Sintflutartig fängt es an zu schütten. Das Licht flackert. In der Ferne höre ich ein langanhaltendes Donnern. Diesmal ist es nicht die Metro.

„Tja", sagt Natascha, „das war schon lange fällig."

„Danach wird's besser", sage ich.

„Meinen Sie?"

Sie schiebt ihren Teller zurück und gähnt.

„Besser oder nicht, mir soll's egal sein. Wird mich nicht beim Schlafen stören. Nicht mal ein Erdbeben wird mich aufwecken. Stimmt's Sonia?"

„Hm", brummt die Angesprochene.

Sie wackelt mit dem Kopf. Vielleicht will sie nicken, vielleicht schläft sie gerade ein.

„Die liebe Sonia ..." Natascha lacht müde. „Ihre Therapie ist fehlgeschlagen. Sie wollte sich durch Sie aufmuntern lassen, und jetzt ist sie noch vor mir eingeschlafen ... Hab ich Ihnen nicht gesagt, daß sie launisch ist? Sie hat Sie aus einer Laune heraus eingeladen. Und hier wird es ihr dann langweilig. Na ja ..."

Sie gähnt wieder, steht auf, geht zum Fenster – immer noch auf Strümpfen – und sieht in den Regen hinaus. Dann kommt sie wieder zu mir an den Tisch.

„Tut mir furchtbar leid, daß ich ..."

Der Rest des Satzes geht in ein Gähnen über.

„Ach, das macht doch nichts", beruhige ich sie. „So hab ich wenigstens mal die russische Küche kennengelernt."

„Und hat's Ihnen geschmeckt?"

„O ja, sehr."

„Na schön, um so besser ... Lassen wir sie schlafen", sagt Natascha und deutet auf Sonia, die auf ihrem Stuhl zusammengesunken ist. „Ich zeige Ihnen jetzt das Gästezimmer."

Ich versuche zu widersprechen.

„Aber ich bitte Sie", unterbricht sie mich. „Das ist doch das wenigste. Ich kann Sie nicht bei diesem Regen gehen lassen. Und Sie nach Paris fahren, das kann ich auch nicht mehr, so kaputt wie ich bin. Lassen Sie mich Sonias Dummheit dadurch wieder ausbügeln ..."

Ich sage nichts mehr, nicke nur. Nestor Burma hat mir nahegelegt, so intim wie möglich mit den beiden Frauen zu werden, dicke Freunde, wie der Belgier sagt. Sieht so aus, als hätte ich das wenigstens geschafft. Fragt sich nur, wohin das führen wird. Ich jedenfalls hab nicht die leiseste Ahnung. Immerhin weiß ich jetzt, welche von beiden erpreßt wird. Das ist auch schon was. Besser als nichts.

„Hier entlang bitte", sagt Natascha.

* * *

Jetzt werfe ich mich schon eine Stunde lang von einer Seite auf die andere. Ich liege im Bett des Gästezimmers und unterziehe durch meine Bocksprünge das Luxus-Negligé von Natascha einem Härtetest. Ich kann einfach nicht einschlafen... Möglicherweise versuche ich's unbewußt auch gar nicht ernsthaft. Aber trotzdem: auch ich bin hundemüde! Bestimmt die nervliche Anspannung. Ich steh auf, knipse das Licht an und bewundere mich im Spiegel. Ein wunderschönes Nachthemd, elegant und knitterfrei! Wenn ich erst mal meinen Anteil von der *Loterie nationale* bekomme, werd ich mir ein Dutzend davon kaufen. Ich gähne, knipse das Licht wieder aus und leg mich hin.

Es regnet immer noch. Monoton plätschert es auf die Frühlingsblätter der nahen Bäume. Mein Zimmer geht nach hinten auf den Garten und den kleinen Wald hinaus. Von diesem Plätschern abgesehen, herrscht in dem schlafenden Haus Totenstille. Der Wind hat sich gelegt. Schwacher Regen besiegt starken Wind. Nieselregen, monoton... monoton... Unmerklich gleite ich hinüber in einen leichten Halbschlaf...

... Ich betrachte mich in dem Schrankspiegel. Der Schrank öffnet sich, und heraus tritt eine blonde Frau (Natascha?) in Kosakenuniform. Plötzlich ist es die Uniform eines Pariser Flics. Die blonde Frau verwandelt sich in Nestor Burma. Mein Chef schlägt mit seinem weißen Knüppel auf den Spiegel ein, in dem ich mich immer noch bewundere. Der Spiegel zersplittert in tausend Stücke... ein furchtbarer Krach... wie eine Explosion... ein Donner...

Lange werd ich nicht geschlafen haben. Ich springe im Bett auf und wäre beinahe hinausgefallen. Ein violetter Lichtschein erhellt das Zimmer, spiegelt sich im Schrank. Jetzt entlädt sich also ein richtiges Gewitter direkt über dem Haus. Ein Höllenspektakel.

Schwacher Regen besiegt starken Wind, Wolkenbruch erzeugt Sturm. Etwa gleichzeitig zuckt der Blitz, kracht der Donner; ein heftiger Windstoß rüttelt am Fenster, öffnet es. Die Gardine zieht an der Stange und bläht sich auf. Eine kühle Brise fegt ins Zimmer. Ich stürze zum Fenster, um das Schlimmste zu verhüten. Dabei verfange ich mich hoffnungslos in der Gardine. Ein Regenguß überschüttet mich. Wasserdicht ist das Negligé allerdings nicht! Endlich gelingt es mir, das Fenster zu schließen. Hoffentlich besser als derjenigen, die es vor mir gemacht hat. Ich halte mich noch ein wenig am Fenstergriff fest, um Atem zu holen. Da zuckt wieder ein Blitz auf und taucht Garten und Wäldchen vor mir in taghell giftviolettes Licht.

In diesem Augenblick sehe ich den Mann neben einem Baum. Der Regen peitscht ihm ins Gesicht; er scheint es nicht zu bemerken. Sieht aus wie ein Geist oder ein Schlafwandler. Er hält etwas in der Hand. Eine Waffe, einen Knüppel, was weiß ich? Es geht alles zu schnell, als daß ich es richtig erkennen könnte. Aber seine Augen werde ich nie vergessen, seine Augen, die starr auf das Fenster gerichtet sind, hinter dem ich in meinem prächtigen Negligé zittere. Nur mit Mühe unterdrücke ich den Schrei, der mir in der Kehle steckenbleibt.

9

Hélènes Bericht (Schluß)

Alles sinkt wieder in undurchdringliche Dunkelheit zurück.

Ich weiche nicht von meinem Beobachtungsposten. Mit wild klopfendem Herzen warte ich auf den nächsten Blitz. Der läßt nicht lange auf sich warten, wird zu einer ganzen Reihe von Blitzen, immer gleich hell. Die Bäume werden immer noch von den Windstößen durchgeschüttelt. Aber es ist kein Mensch mehr zu sehen. Vielleicht hat auch nie jemand dort gestanden. Hab wohl geträumt, Opfer meiner Nerven, einer Halluzination...

Ich friere. Nicht nur vor Angst. Auch die Kälte macht sich bemerkbar. Mein nasses Nachthemd klebt mir am Körper. Wär vielleicht ein erstklassiges Schauspiel für den Herrn von eben, aber nicht für mich. Ich verriegele das Fenster und ziehe den Vorhang zu. Dann mache ich Licht und gehe ins Badezimmer. Dort ziehe ich mir das Nachthemd aus und frottiere mich ab. Ich werfe einen Bademantel über, der in einer Ecke liegt, und gehe zurück ins Zimmer. Meine Uhr zeigt zwei Uhr morgens.

Hört sich so an, als verziehe sich das Gewitter. Es regnet immer noch, aber nicht mehr so stark. Das Donnern ist kaum noch zu hören. Der Wind bläst gleichmäßiger.

Meine Sinne sind hellwach. Die Schritte auf dem Flur sind sehr leise, aber ich höre sie. Sicher, das Getöse des Gewitters hat die Bewohner der Villa aufgeweckt. Hätte mich auch gewundert; aber trotzdem... Warum sind die Schritte so leise?

Ich stehe wie angewurzelt da und lausche. Die vorsichtigen

Schritte nähern sich meinem Zimmer, halten inne ... der Türknopf dreht sich langsam.

Ich stürze zur Tür, stemme mich mit aller Kraft dagegen. Es gibt weder einen Riegel noch einen Schlüssel. Von der anderen Seite wird mächtig gedrückt. Auf dem Nachttisch erblicke ich einen schweren Metallaschenbecher. Ich versuche, an die handfeste Waffe heranzukommen, ohne dem geheimnisvollen Eindringling den Weg freizugeben. Aber der Tisch steht zu weit weg. Hoffnungslos. Nur der Selbsterhaltungstrieb läßt mich noch nicht aufgeben. Wie lange kann ich standhalten? Ich muß an den Mann denken ... der Mann, der so gierig zu mir hochgesehen hat ... Ich könnte um Hilfe schreien, schießt es mir durch den Kopf. Warum hab ich nicht früher daran gedacht? In diesem Augenblick sagt jemand hinter der Tür:

„So öffnen Sie doch!"

Die Stimme beruhigt mich.

„Wer ... wer ist denn da?" stottere ich.

„Ich, Sonia."

„Sonia!"

Großer Gott! Ich könnte ihr um den Hals fallen. Mit einem Seufzer der Erleichterung geb ich die Tür frei.

Ihr Knoten hat sich gelöst. Das schwarze Haar mit den vereinzelten Silbersträhnen fällt ihr über den Rücken. Sie trägt einen blauen Morgenmantel über ihrem Nachthemd, an den Füßen Pantoffeln.

Vorsichtig schließt sie die Tür hinter sich. Mit einem schmerzlich verzerrten Lächeln sieht sie mich an. Ihre schwarzen Augen scheinen Funken zu sprühen. Keuchend kommt ihr Atem zwischen den blutleeren Lippen hervor. Ihre Brust bewegt sich heftig.

„Blöde Gans!" zischt sie. „Altes kleines Miststück!"

Ich komm weder dazu, etwas zu sagen, noch etwas zu tun. Sie packt mich an den Revers des Bademantels und schüttelt mich wutentbrannt. Dann läßt sie mich plötzlich wieder los, stößt mich zurück. Ich falle aufs Bett. Der Bademantel hat sich geöffnet. Darunter bin ich nackt. Ich tue nichts dagegen. Sie mustert mich und sagt:

„Du hast einen hübschen kleinen Körper, du altes Miststück. Solltest Nutte werden. Das wär sauberer. In deinem Alter war ich Nutte . . ."

Ein Schluchzer schnürt ihr die Kehle zu.

„. . . Das war sauberer . . . und ich hatte Gründe dafür . . ."

Ich schüttele mich und bringe den Bademantel wieder in Ordnung. Dabei denke ich an Nestor Burma.

„Halten Sie die Schnauze", sage ich, wohl von meinem Chef inspiriert.

* * *

Ich dachte, das würde sie umhaun. Haut sie aber nicht um. Sie lacht nur:

„Miststück, wie ich mir's gedacht habe."

„Schreien Sie nicht so laut", ermahne ich sie. „Sie wecken das ganze Haus auf."

„Wen soll ich schon aufwecken? Iwan schläft in der Garage. Das ist weit genug weg. Olga ist taub. Und Natascha . . . Sie war sowieso schon müde, aber ich hab den Rest besorgt. Sie schläft wie ein Stein."

„Ach ja? Sieht so aus, als hätten Sie alles gut vorbereitet, hm?"

„Ja. Wollte 'n paar Sätze mit dir reden. Im Geschäft war's schlecht möglich, aber hier, dachte ich . . . nachdem sich Natascha abgemeldet hat . . . und du mir so schön in die Falle gegangen bist, du dumme Gans."

Ich tat enttäuscht.

„Wirklich, Sonia, ich hab Sie für intelligenter gehalten. Ihnen liegt was im Magen, und das trübt Ihren Verstand. Ist Ihnen nicht in den Sinn gekommen, daß ich die Falle vielleicht selbst gestellt haben könnte . . . wenn es überhaupt eine ist . . . jedenfalls 'ne ziemlich miserable Falle . . . und daß ich freiwillig reingegangen bin, weil ich mindestens auch einen Satz mit Ihnen reden will?"

„Oh! Das ist mir wohl klar. Meinst du, ich hab nicht gesehen, was du in deiner Tasche hast? Als du die Einladungskarte gesucht hast…"

„Die andere Karte, hm? Rosa. Die vom Puff."

„Miststück…"

Nervös schließt und öffnet sie ihre Hand.

„Der eine reicht wohl nicht, was? Du willst auch dein Stück vom Kuchen… Wenn du Geld haben willst, geh auf den Strich. Wie ich, damals… Ich jedenfalls zahle nicht mehr. Ich kann nämlich nicht mehr zahlen. Ich bin am Ende. Lieber würde ich…"

Ihre Stimme wird schriller, steigert sich, leiderfüllt, endet in hysterischem Lachen. Immer noch bewegt sie ihre Finger, preßt den Daumen, läßt ihn wieder los.

„… Lieber würde ich jetzt jemanden umbringen, als weiter so gequält zu werden."

„Schön, dann erwürgen Sie mich doch!" ermuntere ich sie. „Und dann? Was machen Sie mit meiner Leiche? Ins Schaufenster stellen, am Boulevard Haussmann, mit 'nem Strumpfhalter, schwarz, Halbtrauer?"

Sie überschüttet mich mit Flüchen.

„Jetzt reicht's aber", unterbreche ich sie. „Genug geflucht. Ich bin was anderes, als Sie meinen. In meiner Tasche hab ich nicht nur die Karte aus Shanghai."

Ich steh auf und kram den Sonderausweis hervor, den mir Kommissar Faroux mal in einer glücklichen Stunde gegeben hat. Außer meinem Namen steht noch mein Beruf drauf: Assistentin eines Privatdetektivs. Und dazu sogar noch der Verweis, die offiziellen Vertreter von Recht und Ordnung mögen mir doch, bitte schön, behilflich sein, falls nötig. Ich halte der Russin das Dokument mit der Trikolore unter die Nase. Sie liest den Text einmal, noch einmal…

„Versteh ich nicht", murmelt sie.

„Ganz einfach", sage ich und setze mich auf die Bettkante. Ich fordere sie auf, sich ebenfalls zu setzen, irgendwohin. Sie gehorcht, weiß nicht mehr, was sie davon halten soll.

„Ich arbeite für die Agentur Fiat Lux. Mein Chef ist Nestor Burma, ein Privatdetektiv. Und Sie haben geglaubt, ich wollte Sie erpressen, hm?"

Sie nickt.

„Wie Tchang-Pou? Denn der erpreßt Sie doch, oder?"

„Woher wissen Sie das?"

„Kann Ihnen egal sein. Das zu erklären, würde zu lange dauern. Nur so viel: von uns haben Sie nichts zu befürchten. Wir betrachten Sie nicht als unsere Gegnerin. Machen Sie's genauso: haben Sie Vertrauen! Und was Ihren ... Ihren früheren Beruf angeht: mein Chef ist völlig frei von Vorurteilen. Im Gegenteil. Hätte eher 'ne Schwäche für ... Na ja, egal. Und ich persönlich hab zuviel Verständnis, als daß ich irgendeinen Stein auf irgend jemanden werfen würde ..."

Sie beruhigt sich etwas.

„Also, Tchang-Pou erpreßt Sie", fahre ich fort. „Deswegen hätte mein Chef Ihnen gern ein paar Fragen gestellt. Und deswegen hätte er sich gerne die Modenschau angesehen. Aber Herren waren nicht zugelassen. Und als Frau wollte er sich ungerne verkleiden, weil er Angst vor bissigen Bemerkungen seiner Concierge hat. Also hat er mich geschickt. Ich sollte Kontakt mit Ihnen aufnehmen und Sie aushorchen, wenn nötig mit Hilfe der rosa Karte, die wir diesem chinesischen Bösewicht geklaut haben. Es war reiner Zufall, daß Sie die Karte in meiner Tasche gesehen haben und alles so gelaufen ist. Aber ich will mich nicht beklagen über diesen Zufall."

„Aushorchen?" fragt Sonia verwirrt. „Wieso aushorchen? Warum interessieren Sie sich für mich?"

„Weil wir uns für einen Mann interessieren, der sich wiederum für Sie interessiert. Hat dafür gezahlt, daß wir Tchang-Pou beschatten und so an Sie rankommen. Ein Mann, der Sie unbedingt kennenlernen wollte."

Sonia schüttelt den Kopf. Sie versteht überhaupt nichts mehr.

„Dieser Mann hat Sie sicher nicht gekannt, und Sie ihn genausowenig. Sein Name sagt Ihnen also bestimmt nichts, aber ich kann ihn ruhig nennen: Omer Goldy."

„Omer Goldy? Nein, sagt mir tatsächlich nichts. Und jetzt werden Sie ..."

„... ihm mitteilen, daß wir Sie gefunden haben? Geht nicht. Omer Goldy ist tot."

„Tot?"

„Hatte ein schwaches Herz."

„Ach!"

Ich habe ihr noch gar nicht gesagt, welchen Beruf Goldy hatte. Vielleicht ist es auch völlig unnötig und überflüssig. Aber ich beeile mich, diese Lücke zu schließen.

„Diamantenhändler?" wiederholt Sonia und spitzt die Lippen.

Ihre Augen glänzen. Offenbar ist sie drauf und dran, mir irgendetwas zu erzählen. Aber dann zieht sie sich wieder in ihr Schneckenhaus zurück. Ich hab noch nicht ihr volles Vertrauen.

„Hören Sie, Sonia", sage ich. „Wenn Sie sich auf uns verlassen, werden Sie von Ihren Sorgen verlassen. Dann werden Sie nichts mehr von Tchang-Pou zu befürchten haben. Nestor Burma weiß, wie man mit Erpressern reden muß."

„Sie meinen, Ihr Chef könnte mich von diesem Scheusal befreien?"

„Ganz bestimmt."

Der Hoffnungsschimmer, den sie einen Moment lang gesehen hat, scheint plötzlich zu verblassen.

„Sie sind sehr freundlich", sagt sie seufzend. „Aber ich glaube nicht, daß man den Klauen eines Erpressers jemals entkommen kann. Sehen Sie, er hat mich damals gekannt. Wie er mich hier wiedergefunden hat, weiß ich nicht. Aber jedenfalls hat er angefangen, mir diese rosa Visitenkarten zu schicken, anonym, um mir einen Schrecken einzujagen ... was er auch geschafft hat ... Und dann hat er sich gemeldet, und ich hab gezahlt ... Das geht jetzt schon monatelang so ..."

„Aber ich denke, Sie wollen nicht mehr zahlen", sage ich lächelnd. „Wenigstens haben Sie das gesagt, als Sie mich für etwas hielten, was ich nicht bin."

Sie wirft mir einen schwermütigen, herzergreifenden Blick zu.

„Ich hab auch gesagt, daß ich nicht mehr kann. Und das stimmt. Ich komm nie mehr aus diesem Schlamassel raus. Es wird einen Riesenkrach geben. Daran kann niemand was ändern. Weder Sie noch ich noch Ihr Chef. Natascha erfährt, daß ich Geld aus der Kasse genommen habe, um diesen Chinesen zufriedenzustellen... und gleichzeitig auch noch, warum er mich erpreßt hat..."

„Dann weiß Natascha nicht, daß und warum Sie erpreßt werden?"

„Natürlich nicht! Mein Gott! Meinen Sie denn, Natascha war auch... auch..."

„Sie waren nicht die einzige emigrierte Russin in der Taverne du Brûlot."

„Leider nicht, nein! Aber Natascha ist direkt nach Frankreich gekommen, von Gallipoli, mit ihrem Mann, Oberst Spiridowitsch. Sie war nicht gezwungen... wie ich... Der Oberst gehörte zu den glänzendsten Erscheinungen der weißrussischen Emigration. Lange Zeit haben die Alliierten auf ihn gesetzt... auf ihn und auf General Goropoff, dessen rechte Hand er sozusagen war... um gegen die Roten vorzugehen. O ja, zwischen mir und Natascha gibt es einen riesengroßen Unterschied! Ich bin nicht würdig, ihr die Schuhe zu putzen. Jetzt weniger denn je. Sie war meine Wohltäterin, und so danke ich es ihr..."

Sie verliert sich in Erinnerungen, kehrt dann wieder in die Gegenwart zurück.

„Der Skandal ist nicht zu vermeiden. Aber ich könnte die Schande besser ertragen – in meinem Alter! – wenn ich wüßte, daß dieser Mensch auch nicht ungeschoren davonkommt. Meinen Sie, Ihr Chef..."

„Wenn Sie ihn kennen würden, dann wüßten Sie, daß er mit allem und jedem fertig wird. Sie brauchen keine Angst mehr vor Tchang-Pou zu haben, Sonia. Nestor Burma kennt Mittel und Wege, ihm das Maul zu stopfen."

„Ihr Wort in Gottes Ohr, mein Kind."

Mein Kind? Hm... Wie soll ich denn das verstehen? Na ja... Weiter im Text.

„Neulich", fahre ich fort, „hat Tchang-Pou Sie bis ins Geschäft am Boulevard Haussmann verfolgt."

„Ja."

Sie wundert sich über nichts mehr.

„Was wollte er? Geld?"

„Nein. Ich glaub, er hat den dicken Brocken, den ich ihm vor kurzem in den Rachen geworfen habe, noch nicht verdaut. Nein, er hat mich zur Seite genommen... natürlich konnten wir uns nicht lange unterhalten... und dann hat er mir einen Satz zugeflüstert, den ich nicht verstanden habe: ‚Wenn Sie mir noch einmal irgendwelche Blödmänner vorbeischicken, die bei mir rumschnüffeln, dann können Sie was erleben. Ich werde meine Tarife erhöhen.' Ich hab gesagt, ich verstehe nicht... und das stimmte auch... ich habe Ihnen niemanden vorbeigeschickt. ‚Macht nichts, die Tarife werden erhöht', hat er gesagt. Und dann hab ich gesehen, was Sie in Ihrer Tasche hatten. Da hab ich geglaubt, Sie kämen von ihm."

„Nein, Sonia. Ich komme von Nestor Burma. Der wird entzückt sein zu hören, daß Tchang-Pou ihn als Blödmann bezeichnet. Ein weiterer Grund, ihn zu lieben. Mein Chef war's nämlich, den Tchang-Pou beim Rumschnüffeln überrascht hat. Allerdings geschah das in Goldys Auftrag. Dann hat also Tchang-Pou gemeint, Sie hätten diesen Hausbesuch veranlaßt?"

„Ja."

„Und warum?"

„Keine Ahnung."

Wir schweigen beide. Die Bäume im Garten rauschen leise. Es regnet immer noch. Ich höre das Plätschern aus einer Dachrinne. Mein Kopf arbeitet. Ich zerwühle mir das Haar und sag zu mir selbst: ‚Ich liebe dich!' Ob mich das auf einen Gedanken bringt, weiß ich nicht. Jedenfalls hab ich einen.

„Also“, beginne ich. „Tchang-Pou droht Ihnen, Ihr Geheimnis zu enthüllen. Sie zahlen, damit er schweigt. Wär doch ziemlich dämlich, ihm einen Einbrecher auf den Hals zu schicken, um das Geld zurückzuklauen, oder?“

„Weiß ich nicht, ob das dämlich wär. Aber so was ist mir nie in den Sinn gekommen.“

„Selbst wenn Sie dran gedacht hätten – Tchang-Pou hätte ihn für einen ganz normalen Einbrecher gehalten und ihn nicht mit Ihnen in Zusammenhang gebracht. Hören Sie, Sonia...“

Ich steh auf, gehe zu ihr und nehme schwesterlich ihre Hände. Sie sind kalt und zittern.

„Hören Sie, Sonia, Sie haben niemanden zu Tchang-Pou geschickt. Aber Sie hätten es tun können, nicht wahr? Um etwas wiederzukriegen... etwas anderes als Bargeld.“

Sie senkt den Blick, zögert, kämpft einen Augenblick mit sich selbst. Endlich murmelt sie:

„Ja. Beim letzten Mal... hatte ich kein Geld... ich konnte nicht in die Kasse greifen... also hab ich Natascha was geklaut... hier... im Haus...“

Sie schüttelt sich und ihre lange Haarpracht.

„Verrückt, nicht wahr? Ob ich Geld klaue oder was anderes, beides ist Klauen, eine Schweinerei. Aber trotzdem... Geld, das ist eben nur Geld... während der Diamant... vielleicht hängt sie dran... vielleicht ist es mehr für sie als nur der Geldwert...“

Ich knete ihre kalten Hände mit meinen fieberheißen.

„Nestor Burma hatte recht!“ rufe ich.

Es ist schon fast fünf Uhr morgens, als Sonia mein Zimmer verläßt.

Nachdem sie mir gestanden hatte, Natascha einen Diamanten gestohlen zu haben, um ihn ihrem Blutsauger in den Rachen zu werfen, haben wir über dies und das geredet. Ich hab versucht, sie wieder aufzurichten. Sicher, möglicherweise wird Natascha bald merken, daß ein Diamant fehlt. Anscheinend hat sie eine ganze Sammlung davon in einer Schatulle.

Aber warum sollte ihr Verdacht auf ihre Geschäftspartnerin fallen? Und vielleicht hat Nestor Burma bis dahin was Ordentliches zustandegebracht. Ich hab Sonia nämlich versprochen, daß mein Chef versuchen wird, ihr den Diamanten wiederzubeschaffen...

Sonia ist gegangen.

Ich ziehe den Vorhang zur Seite und sehe aus dem Fenster. Langsam weicht die Nacht dem ersten Tageslicht. Es regnet immer noch. Die Bäume rascheln mit ihren Blättern, als seien sie mir feindlich gesonnen. Der Mann von heute nacht kommt mir in den Sinn. Sonia hab ich nichts von ihm erzählt. Meine Erinnerung an ihn ist sehr verworren. Sie verblaßt im dumpfen Grau-in-Grau der schlaflosen Nacht. Ich muß wohl mit offenen Augen geträumt haben.

10

„Ich muß wohl geträumt haben“, sagt Hélène.

Ich seh sie mir genau an, stelle sie mir in ihrem wunderschönen Nachthemd vor. Ich ziehe an meiner Pfeife und blase eine Rauchwolke an die Decke.

„Vielleicht haben Sie gar nicht geträumt“, sage ich. „Vielleicht hatte dieser Mann das Bedürfnis, ein wenig zu träumen. Sie wissen nicht, wozu so'n komischer Kauz imstande ist. Die holen sich den Tod, nur für eine nackte Brust.“

Meine Sekretärin klopft ungeduldig mit dem Fuß.

„Nichts gab es zu sehen. Und schon gar keine nackte Brust. Zerbrechen Sie sich nicht den Kopf über meine Halluzinationen. Sagen Sie mir lieber, was Sie von den Informationen halten, die ich mitgebracht habe.“

„Viel Gutes.“

„Sehen Sie jetzt etwas klarer?“

„Wie durch Ihr Nachthemd. Ich hoffe, das war durchsichtig, sonst wär mein Vergleich ...“

„Oh, ich bitte Sie! Lassen Sie das Nachthemd beiseite.“

Das kann man nun so oder so verstehen. Wir müssen lachen. Ich werde wieder ernst.

„Nun“, sage ich, „ich sehe die Sache jetzt folgendermaßen: Tchang-Pou bekommt von Sonia den Diamanten. Er wendet sich an Goldy. Der soll ihn verkaufen oder nur begutachten. Goldy interessiert sich brennend für den Stein. Warum? Keine Ahnung. Er will wissen, woher er stammt. Wieder: Warum? Wieder keine Ahnung. Der Chinese sagt ihm wohl, daß er ihn von einem Russen oder einer Russin hat, ohne Namen zu nennen. Als Goldy zu uns kommt, hat er dem Chinesen den Klunker wiedergegeben. Sollte ihn wohl nur begutachten. Darum meint Tchang-Pou, ich suche ihn (den Diamanten), als er mich überrascht. Ich glaube, er hat sowohl Goldy als auch Sonia als Auftraggeber in Verdacht. Also geht er zu beiden, um das nachzuprüfen oder einfach nur um sich zu zeigen. Ein ziemlich dreister Kerl. Bei Goldy macht ihm niemand auf. Er schleicht zu Sonia zum Boulevard Haussmann."

„Bei Goldy macht ihm niemand auf", wiederholt Hélène und zieht ein krauses Näschen. „Weil Goldy nämlich schon tot ist und ihm kaum öffnen kann. Aber für Goldys Ableben haben wir dadurch immer noch keine Erklärung."

„Wie man's nimmt. Angenommen, Goldy hat mit... sagen wir X... über den Diamanten gesprochen. X ist scharf auf das gute Stück und will es haben. Boxkampf mit tödlichem Ausgang für unseren Klienten. Es gibt Diamanten, die nichts als Unglück bringen. Vielleicht gehört der von Natascha auch dazu. Jedenfalls muß er einiges wert sein. Sonst hätte ein Mann aus der Branche, z.B. Goldy, sich nicht so sehr dafür interessiert und mich auf den Chinesen gehetzt, ohne von meinem Tarif abgeschreckt zu werden."

„Schlußfolgerung?"

„Goldys Mörder muß unter seinen Berufskollegen gesucht werden... wenigstens glaube ich das... Ansonsten Fehlanzeige. Goldy hat mich engagiert, und jemand anders profitiert davon: Sonia."

„Werden Sie Tchang-Pou besuchen?"

„Stehenden Fußes."

* * *

Ich betrete das Chinarestaurant. Zwei Kellner sind damit beschäftigt, die Tische zu decken, Speisenkarten hinzulegen usw. Es ist erst elf Uhr morgens, aber der Chef des Hauses thront bereits hinter seiner Kasse. Ich gehe zu ihm. Er hebt den Kopf, sieht mich an, zuckt aber nicht mit der Wimper. Ich begrüße ihn mit einer kurzen Handbewegung, scheißfreundlich.

„Ich weiß nicht, ob Sie mich wiedererkennen“, sage ich lächelnd.

Nicht ein Muskel bewegt sich in seinem gelben Gesicht.

„Ich erkenne Sie wieder“, antwortet er knapp.

„Aber kennen tun Sie mich nicht?“

„Nein.“

Ich überreiche ihm meine Karte.

„Nestor Burma, Privatdetektiv.“

„Und?“

„Ich würde gerne ein wenig mit Ihnen plaudern.“

„Worüber?“

„Über dies und das. Vor allem über das: ich weiß nicht, wie das in China ist, lieber Monsieur Tchang-Pou, aber in unserem Land kommt man wegen Erpressung in den Knast. Vielleicht bin ich ein verdammter Moralapostel. Ich will Ihnen einen Vorschlag machen.“

„Welchen?“

„Von heute an vergessen Sie die Russin und ich die Blonde.“

„Die Russin? Dann war's also doch Sonia Perowskaia, die Sie geschickt hat?“

„Nein. Goldy.“

„Goldy?“

„Ja.“

„Sieh an, sieh an.“

„Hab mir genug angesehen. Alles zu chinesisch, für meinen Geschmack. Wir wollen doch nicht die Blonde vergessen, Monsieur Tchang. Und auch nicht Goldy, wenn wir schon mal dabei sind, Monsieur Pou. Er ist tot. Erzähle ich Ihnen was Neues?“

„Nein. Beschuldigen Sie mich, ihn umgebracht zu haben?“

„Nein. Sie haben sicher nichts damit zu tun. Sie sehen, ich bin offen zu Ihnen. Vielleicht ziemlich blöd von mir, aber so bin ich nun mal. Wie man hört, halten Sie mich ja sowieso für blöd.“

Er sagt keinen Ton, scheint mir aber zuzustimmen. Bei diesem Spielchen hat er schlechte Karten.

„Bleibt noch die Blonde“, fahre ich fort.

„Welche Blonde?“

Ich zeige zur Decke.

„Die Sie da oben in dem Schrank aufgebahrt haben. Vielleicht ein Mitglied Ihrer großen Familie...“

„So ungefähr.“

„Ihr Chinesen habt einen sehr komplizierten Totenkult. Sehr eigenartig. Ich weiß. Aber die Flics hier im Arrondissement sind nicht verpflichtet, ihn entsprechend zu würdigen.“

„Die Flics hier im Arrondissement oder sonstwo würdigen nur die Dornen der Rosen.“

So langsam geht er mir auf die Nerven, dieser Konfuzius-Verschnitt. Ich setze mein übelstes Gesicht auf und gifte ihn an:

„Ich hab die Schnauze voll von Ihrem Chinesisch, Monsieur Pou. Sie können Ärger bekommen, viel Ärger.“

„Mir geht's genauso. Ich hab auch die Schnauze voll. Das Chinesische war 'ne Art Patriotismus. Um nicht aus der Übung zu kommen. Und was den Ärger betrifft... Jeder kann jedem 'ne Menge Ärger machen. Stimmt. Und ein Privatflic ganz besonders. Also reden wir in aller Ruhe...“

„Wird auch Zeit.“

Er quält sich hinter seiner Kasse hervor.

„Gehen wir zu mir nach oben. Dort sind wir ungestört.“

„Wie Sie wünschen, Tchang. Aber ich warne Sie: wenn Sie mich mit der Blonden verkuppeln wollen...“

Er lacht lautlos, aber heftig. Sein Gesicht bekommt Falten, seine Schultern zittern.

„Sie mit der Blonden verkuppeln!“ bringt er mühsam hervor. „Das ist wirklich zu komisch!“

„Nicht unbedingt. Ich bin nicht ohne Zwieback an Bord gegangen. Man weiß, daß ich bei Ihnen bin, und wenn ich nach einer gewissen Zeit nicht wieder draußen bin...“

„Sie haben nichts zu befürchten“, sagt er, wieder ernst. „Hier entlang. Sie kennen ja den Weg. Aber gestatten Sie mir trotzdem, voranzugehen.“

Wir gehen hinaus, die Treppe rauf, durch die Druckerwerkstatt – die Presse steht immer noch am selben Platz – und betreten das Zimmer mit dem Leichenschrank. Tchang-Pou setzt sich davor, als Wachposten. Ich setze mich etwas weiter weg.

„Schön", beginnt der Chinese. „Was wollen Sie nun genau?"

„Sie sollen Sonia in Ruhe lassen und mir außerdem ein paar Fragen beantworten."

„Was Sonia Perowskaia angeht, okay. Nicht weil ich Angst vor Ihnen habe, sondern weil ich das sowieso vorhatte. Ich bin kein Kind mehr. Kenne das Leben. Ich weiß, wie weit man einen Bogen spannen kann und wann man aufhören muß. Ich habe Sonia wie eine Zitrone ausgepreßt. Bei ihr ist nichts mehr zu holen. So was spürt man. Ich könnte sie höchstens noch in die Verzweiflung treiben. Und wozu solche gerupften Hühner dann fähig sind, diese Schäfchen ..."

„Sie können sich in reißende Löwen verwandeln."

„Genau, sie können sehr gefährlich werden. Neulich – das hat sie Ihnen sicher erzählt – hab ich gedroht, meine Tarife zu erhöhen. Einfach nur, um nicht das Gesicht zu verlieren. Sie sollte kapieren, daß sie mit mir nicht Katz und Maus spielen kann. Ich dachte, sie hätte mir diesen Kerl auf den Hals geschickt, den ich dann beim Rumschnüffeln überrascht habe. Sie wissen schon ... Also hab ich ihr gedroht. Aber ich weiß, daß ich nichts mehr aus ihr rauspressen kann und aufhören muß. So."

Er legt mir das in aller Ruhe auseinander, ganz selbstverständlich. Ein Pfundskerl.

„Paßt es Ihnen so?" fragt er noch freundlich.

„Sehr gut. Zu gut."

„Vielleicht paßt es gleich nicht mehr ganz so gut. Sie haben da was von Fragen gesagt. Noch ist nicht klar, ob ich Lust habe, darauf zu antworten."

„Sie werden antworten."

„Und warum?"

„Weil hinter Ihnen etwas ist."
„Hinter mir?"
„Ja. Die Blonde."
„Ach! Die Blonde..."
Er lacht.
„Schon wieder diese Blonde. Amüsant. Stellen Sie erst mal Ihre Fragen. Dann werden wir weitersehen."
„Sonia hat Ihnen einen Diamanten gegeben. Den will ich haben."
Er lacht laut auf.
„Ihr erster Satz ist eine Aussage, der zweite ein Wunsch. Weit und breit keine Frage. Wie soll ich darauf antworten?"
„Chinesische Wortklauberei. Klauben wir zusammen: Hat Sonia Ihnen einen Diamanten gegeben?"
„Ja."
„Wollen Sie ihn mir wiedergeben?"
„Nein."
„Warum nicht?"
„Ich hab ihn nicht mehr."
„Verkauft?"
„Ja."
„An wen?"
„An denundden."
„Teuer?"
„Sehr teuer."
„Soll ich Ihnen glauben?"
„Ja."
„Es ist zum Totlachen, aber ich glaube Ihnen. Ist das blöd?"
„Nein."
„Sehr gut."
Auf ‚Sehr gut' gibt's keine Antwort. Also schweigt mein Gegenüber.
„Sie haben Goldy den Diamanten gegeben. Schon wieder eine Aussage. Also: Stimmt das?"
„Ja."
„Sollte er ihn kaufen?"

„Nein."
„Begutachten?"
„Ja."
„Hat er ihn zurückgegeben?"
„Ja."
„Haben Sie ihm gesagt, woher Sie ihn hatten?"
„Nein."
„Hat er danach gefragt?"
„Ja."
„Haben Sie ihm geantwortet?"
„Nein."
„Hat er lockergelassen?"
„Nein."
„Und Sie haben ihm nichts gesagt?"
„Nein."
„Doch."

Ich wisch mir mit dem Taschentuch den Schweiß von der Stirn. Zum Verrücktwerden. Woher sonst konnte Goldy wissen, daß Russen mit im Spiel waren? Ich beantworte diese Frage selbst mit einem gepfefferten Ausdruck.

„Dann sind Sie zu Sonia in den Laden gegangen und haben ihr gedroht", fahre ich fort. „Aber vorher waren Sie noch bei Goldy. Stimmt's?"

„Ja."

„Weil Sie dachten, daß vielleicht er mich zu Ihnen geschickt hatte?"

„Ja."

„Der Diamant schien ihn brennend zu interessieren, hm?"

„Ja."

Das Hm? ging also auch als Frage durch.

„Und Sie dachten weiter, ich hätte diesen Stein gesucht?"

„Ja."

„Sie gehen also sofort – am nächsten Morgen – zu ihm, um ihm den Marsch zu blasen. Um das Gesicht nicht zu verlieren. Aber er war nicht zu Hause, stimmt's?"

„Nein."

„Besser gesagt: er war da, aber tot. Stimmt's jetzt?"
„Ja."
„Ist er tot umgefallen, als er Sie sah?"
„Nein."
Möchte wissen, warum ich diesen unsinnigen Dialog fortsetze. Bin ich vielleicht ein Masochist? Offensichtlich lacht sich dieser Tchang-Pou halbtot über mich. Nur soviel, wie's ihm als Asiaten erlaubt ist.
„Gut, ich glaube, das ist alles. Aber Sie sehen, Sie haben geantwortet."
„Ja."
„Und warum waren Sie so brav?"
Seine Antwort fällt weniger lakonisch aus als die vorherigen.
„Weil ich es für unangebracht halte, mich mit jemandem zu streiten, wenn es nicht sein muß. Weiß der Teufel, warum Sie mich das alles gefragt haben. Aber meine Antworten können mir nicht schaden. Außerdem sind Sie kein richtiger Flic. Wenn die kommen, von alleine oder auf Ihre Veranlassung, müssen sie sich schon mächtig ins Zeug legen, um was aus mir rauszuholen... wenn ich keine Lust dazu habe."
„Mit anderen Worten, Sie wollten mir einen Gefallen tun."
„Ganz genau."
„Weil Ihnen mein Gesicht gefällt?"
„Oh nein! So gut gefällt mir das gar nicht. Aber ich wüßte nicht, warum ich mir das Leben unnötig schwermachen sollte."
„Sie fühlen sich sehr sicher, hm?"
„Ziemlich."
„Wenn man bedenkt, was in Ihrem Schrank liegt... oder besser gesagt, was drin lag. Sie haben ihn doch bestimmt leergeräumt, hm? Jedenfalls waren Sie so nett, weil ich weiß, was dringelegen hat."
Er fängt wieder an zu lachen.
„Sie kommen nicht davon los, was?"
„Nur ganz schlecht."

Er schüttelt sich vor Lachen.

„Hören Sie, M'sieur Burma. Ich weiß nicht, ob Sie ein guter oder ein schlechter Detektiv sind. Wahrscheinlich wie alle: so halbe-halbe. Mit Ihrer Nase oder Ihrem Kopf stoßen Sie manchmal auf bestimmte Dinge, aber manchmal kommt wohl nur Scheiße dabei raus ..."

Er steht auf. Ich auch. Man kann nie wissen. Vielleicht hat er den Boxkampf von neulich noch nicht ganz verdaut. Obwohl... Er wirkt nicht sehr streitsüchtig. Eher amüsiert. Er schiebt seinen Sessel zur Seite und dreht den Schlüssel in der Schranktür.

„Höchste Zeit, daß ich Ihnen Madame vorstelle."

Er öffnet den Schrank.

Die Blonde ist immer noch da. Aufrecht, aber angezogen. Ich geh näher ran... und höre nicht mehr auf zu fluchen. Tchang-Pou hat jede asiatische Zurückhaltung aufgegeben. Er kringelt sich buchstäblich vor Lachen. Ich weiß nicht, ob er nicht doch irgendwann mal Angst vor mir gehabt hat. Aber meine Enttäuschung, mein verdutztes Gesicht entschädigen ihn reichlich.

„Himmeldonnerwetterarschundzwirn-verflixtundzugenäht!"

„Ja, ja", säuselt der Chinese. „Das ist gar keine Leiche. Wie sind Sie darauf gekommen, daß das eine Leiche sein könnte? Sind Sie nekrophil oder was? Dies hier ist eine Puppe, lieber Monsieur Burma. Ein Kunstgegenstand, eine Pariser Rarität. Für ganz besondere Gäste. Hier ist die Filiale des Musée Grévin... Das Hauptgebäude steht gleich nebenan. Ich erzähle immer 'n Haufen Lügenmärchen über diese Puppe, in denen das Museum eine Rolle spielt. In Wirklichkeit stammt die Puppe natürlich nicht aus dem Musée Grévin. Das ist mehr was für Kinder. Dieses Stück hier ist was für Erwachsene. Keine einfache Wachspuppe, nein! Nehmen Sie's in die Hand, Monsieur! Fühlt sich an wie richtige Haut. Aber sie wird älter, die Kleine. Wird ganz fleckig. Deswegen entkleide ich sie immer seltener."

Ich fang wieder an zu fluchen.

„Es würde zu lange dauern", fährt er fort, „Ihnen zu erklären, woher ich sie habe. Wozu auch. Sie müssen wissen, die Passage de l'Opéra – seit mehr als fünfundzwanzig Jahren war sie durch die Straßenarbeiten für den Boulevard Haussmann zerstört, hat man mir erzählt; ich war damals nicht hier – daß in dieser Passage die merkwürdigsten Dinge ausgebrütet wurden. Könnte man die ‚Geheimnisse von Paris' nennen. Und in einem obskuren Hinterzimmer der Passage stellte ein erfinderischer Mann diese erstaunliche Kuriosität her und verkaufte sie."

„Verflixt und zugenäht!"

Ich balle die Fäuste. Vor Wut, Enttäuschung, Verachtung (für mich selbst!) und allem, was es sonst noch so gibt. Wem soll ich die Fresse polieren? Der obszönen Attrappe? Diesem noch obszöneren Tchang-Pou? Oder mir selbst?

Eine künstliche Leiche! Jetzt stolpere ich schon über künstliche Leichen! Großer Gott! Wofür hält man mich eigentlich? Oh, diese Chinesen! Sie wissen, wie man's anstellt, damit andere das Gesicht verlieren!

11

Wutschnaubend fahr ich zurück in die Agentur. Hélène liegt auf dem Sofa. Erholt sich von ihrer aufregenden Nacht bei der aufgeregten Russin. Ich laß sie schnarchen und gieß mir was ein. Ration für einen Möbelpacker. Das beruhigt mich etwas. Dann zünde ich mir eine Pfeife an, laß mich in einen Sessel fallen und versuche, Luftschlösser zu bauen. Zeit zum Essen. Hab aber keinen Hunger. Ich schnapp mir das Telefonbuch und notiere die Nummer des Fachgeschäftes am Boulevard Haussmann. Dann warte ich. Zwei Uhr. Meine Anwesenheit hat Hélène im Schlaf gestört. Sie reckt sich.

„Ah!" gähnt sie. „Zurück?"

„Wie Sie sehen."

„Und?"

Ich erzähle ihr alles. Bei der Geschichte mit der Puppe prustet sie los:

„Also wirklich! Das erste Mal, daß eine künstliche Leiche Sie an der Nase rumgeführt hat, hm?"

Als Antwort zeige ich aufs Telefon:

„Rufen Sie Sonia an und verkünden Sie ihr die Frohe Botschaft. Drouot 34-76."

Sie wählt die Nummer. Ich nehme die Muschel zum Mithören.

„Hier Luxuswäsche Natascha", meldet sich am anderen Ende eine Frauenstimme. Jung, mit Akzent. Nicht russisch. Pariserisch. Sehr pariserisch.

„Ich möchte mit Madame Perowskaia sprechen", sagt Hélène. „Sagen Sie ihr: Hélène."

„Moment, bitte."

„Hallo", meldet sich Sonia Sekunden später. „Guten Tag, liebe Hélène."

„Guten Tag, Sonia. Ich hab Neuigkeiten für Sie. Ist Natascha da?"

„Nein."

„Dann können wir frei reden, hm? Hört niemand mit?"

„Nein. Warum..."

„Sehr gut. Folgendes: Sie haben nichts mehr von den Chinesen zu befürchten. Nestor Burma hat das Nötige veranlaßt."

„Mein Gott! Ist das... ist das wahr?"

Die Stimme der Russin zittert.

„Aber ja", sagt Hélène und stößt mich mit dem Fuß an. „Hab Ihnen doch gesagt: er weiß, wie man so was anpackt!"

„Ja, natürlich. Oh, mein Gott! Wie kann ich ihm nur danken?"

„Ach, er ist ein bescheidener Mensch. Ein aufrichtiges Dankeschön entschädigt ihn für seine Mühen. Warten Sie, ich geb ihn Ihnen mal."

Ich nehme den Hörer.

„Hallo. Hier Nestor Burma."

„Guten Tag, Monsieur. Vielen, vielen Dank für... für... äh... vielen Dank."

„Zufrieden?"

„Mein Gott! Das fragen Sie noch?"

„Na ja, ich bin's nicht so ganz. Ein kleiner Schatten noch... Ich konnte bei dem Kerl nicht alles erreichen. Zum Beispiel hab ich den... das Stück... Sie wissen schon... nicht gekriegt. Fürchte, das wird kaum möglich sein. Sie werden sich mit dem Erreichten zufriedengeben müssen."

„Das ist schon viel wert! Nochmals vielen Dank."

„Sagen Sie... Ich würde Ihnen gerne eine Frage stellen. Hatte das Stück ganz besondere Merkmale?"

„Oh, nein! Schien mir jedenfalls nicht so. Allerdings... ich kenne mich darin nicht so genau aus..."

„Ja."

Wir wechseln noch ein paar unverbindliche Worte, vielen Dank nochmals, Wiederhören. Ich vertausche den Telefonhörer mit meiner Pfeife.

„Und Sie, Hélène? Kennen Sie sich mit Diamanten aus?"

„Dafür haben Sie mir zu wenige geschenkt. Bis jetzt. Warum fragen Sie?"

„Nur so. Aber... glauben Sie, daß diese Klunker so was wie 'ne Nationalität haben? Daß zum Beispiel ein russischer Diamant sich von einem amerikanischen oder englischen unterscheidet? So wie ein Chinese von einem Europäer oder ein Schwarzer von einem Weißen?"

„Keine Ahnung."

„Tchang-Pou hat Goldy nicht erzählt, daß er ihn von einer Russin hatte. Aber Goldy hat's gesehen... oder geahnt. Vielleicht an einem Detail, das ein Laie nicht bemerkt. Er war aus der Branche. Und er war wie der Teufel hinter dem Stein her. Werd mich wohl mal umhören müssen. Das mit der Gummileiche kann nur mit einer erfolgreichen Aktion wieder ausgebügelt werden."

„Wodurch?"

„Weiß ich noch nicht. Aber ich glaube, es wär sehr interessant zu wissen, warum Goldy die Herkunft unbedingt rauskriegen wollte. Sicher, ich könnte Sie wieder losschicken... wo doch die Russinnen so... äh... dicke Freunde von Ihnen sind. Sie könnten sich von Natascha die Juwelensammlung zeigen lassen und sie fragen, was daran so außergewöhnlich ist. Aber das wär nicht so gut für Sonia. Natascha würde dann nämlich sofort merken, daß ihr ein Steinchen fehlt. Wird sie irgendwann zwar sowieso merken, aber wir müssen den peinlichen Augenblick nicht unbedingt herbeizaubern."

* * *

Ich gehe auf die Jagd. An den beiden folgenden Tagen – Donnerstag und Freitag – versuche ich, Omer Goldy menschlich und sozial ein wenig näherzukommen. Die Ermittlungen über seinen Tod dauern an, bisher ohne Erfolg. Immerhin ist es fast sicher, daß nichts bei ihm gestohlen wurde, weder Diamanten noch Bargeld. Sieht so aus, als sei die Polizei nicht grade mit Feuereifer bei der Sache. Um so besser für mich. Denn wenn die mitkriegen, daß ich in den Bistros der Rue La Fayette, Rue Cadet usw. rumlaufe und mir Goldys Gewohnheiten erzählen lasse, fragen die sich bestimmt, was das soll.

Irgendwann habe ich eine Liste mit den Namen von Goldys Kollegen, die mit meinem verstorbenen Eintagsklienten geschäftlich zu tun hatten. Unter mehr oder weniger fadenscheinigen Vorwänden statte ich ihnen einen Besuch ab.

* * *

Oscar Blumenfeld empfängt mich in einem verglasten Büro, das sich im hinteren Teil einer Werkstatt befindet. Vorne polieren drei Fachkräfte in grauen Kitteln Juwelen. Monsieur Blumenfeld ist ein äußerst liebenswürdiger Herr. Besonderes Kennzeichen: ein ständiges Lächeln auf seinen schmalen Lippen.

„Nationalität?“ fragt er und faltet die fleischigen Hände.

Bekräftigendes Nicken meinerseits.

„Ich drücke mich wahrscheinlich unglücklich aus“, sage ich, „aber Sie verstehen, was ich damit meine, nicht wahr?“

Sein unbestimmtes Lächeln wird eine Spur konkreter.

„Gewiß, Monsieur. Nun, es ist schwierig, die ‚Nationalität‘, wie Sie es nennen, eines Diamanten zu bestimmen. In der Tat – es gibt in den verschiedenen Ländern eine besondere Art, sie zu schleifen. Aber das hilft uns nicht weiter. Ich will nicht behaupten, daß es bei einem gefaßten Stein eindeutiger zu bestimmen wäre, aber die Fassung kann immerhin Hinweise liefern ... Bei einem ungefaßten Diamanten jedoch ...“

Er macht ein langes Gesicht. Es wird immer länger, bis wir uns verabschieden. Er begleitet mich bis zur Tür. Im Atelier liegen alle möglichen Edelsteine auf Tischen herum, wild durcheinander.

„Haben Sie keine Angst vor Dieben?“ bemerke ich.

Er hebt die Schultern.

„Vor vierzehn Tagen haben Gangster das Edelsteinkontor überfallen ...“

„Genau so was meinte ich.“

„Banküberfälle sind viel häufiger als Überfälle bei Juwelieren. Warum, weiß ich nicht. So ist das nun mal.“

„Vielleicht, weil's so schwierig ist, diese Ware abzusetzen.“

„Mag sein. Jedenfalls glaub ich nicht, daß so etwas bald wieder passiert.“

„Viel Glück ... Obwohl ... einer Ihrer Kollegen ist doch vor kurzem zu Hause überfallen worden, nicht wahr? Und sogar umgebracht? Ich meine, so was Ähnliches in der Zeitung gelesen zu haben.“

„Ach ja. Sie reden von diesem Goldy.“

„Kann sein, daß er so hieß.“

„Ja, Sie meinen offenbar Goldy. Aber ihm ist nichts gestohlen worden. Unter uns gesagt, bei ihm war nie viel zu stehlen. Ich kannte ihn. Kein schlechter Kerl, aber er nagte am Hungertuch.“

Während Monsieur Blumenfeld redet, beobachte ich ihn unauffällig. Ich habe den Eindruck, daß ihm Goldy scheißegal ist, sein Leben, sein Tod. So egal wie jeder x-beliebige Klunker, den er in seinen gut gepolsterten Fingern hält. Wenn er irgendetwas mit dem plötzlichen Ableben meines Auftraggebers zu tun hätte, müßte ihm wenigstens eine Kleinigkeit anzumerken sein. Aber ihm ist überhaupt nichts anzumerken. Selbst das unbestimmte Lächeln ist keinen Augenblick von seinen Lippen verschwunden.

* * *

Ich verdrücke mich, um weiterzuforschen. Will ich rauskriegen, mit wem sich Goldy kurz vor seinem Tod rumgeprügelt hat, oder will ich nur wissen, wo der Diamant geblieben ist? Ich bin mir selbst nicht sicher. Laß mich von meinem

Näschen führen. Bis jetzt hat es mich noch nicht weit geführt. Trotzdem setze ich meine Runde fort.

Drei weitere Namen kann ich von meiner Liste streichen. Durch sie bin ich nicht schlauer geworden.

Der fünfte, Blumenfeld mitgerechnet, heißt Rosenthal, wie so viele. Aus Sparsamkeit hat er nur „Rosen" auf das Emailschild am Eingang schreiben lassen. Es verrät mir, wo ich ihn finden kann: hinten im Hof, rechts.

Wie bei Goldy halten sich die geschäftlichen Aktivitäten von Rosen in bescheidenem Rahmen. Scheint jede Menge Zeit zu haben. Hoffentlich nutzt er sie; er befindet sich nämlich schon auf dem absteigenden Ast seines Lebens. Sehr weit schon. Und sehr absteigend. Er liest gerade eine jiddische Zeitung, als ich die Tür zu seiner Höhle aufstoße. Die Ladenglocke läßt ihn aus seiner Lektüre auffahren. Er schreckt hoch, als wäre eine Bombe im Viertel explodiert.

„Monsieur Rosen?"

„Ja, ja, ja", stammelt er.

„Mein Name ist Martin."

Er nickt zustimmend. Ich weiß nicht warum, aber er stimmt mir zu. Er irrt sich, aber das macht nichts. So langsam faßt er sich wieder.

„Haben Sie mir einen Schrecken eingejagt", sagt er. „Hab grade so vor mich hingedöst..."

„'tschuldigung."

„Aber bitte setzen Sie sich doch, Monsieur Martin."

Ich setze mich.

Ein Brillengestell aus Stahl sitzt auf seiner Nase. Hinter den Gläsern bewegen sich die Äuglein flink hin und her, so als wollten sie sich aus dem Staub machen. Monsieur Rosen versteckt seine totale Glatze unter einem schwarzen Käppchen. Dabei will er bestimmt nicht für Yul Brynner gehalten werden – oder Schulbrummer oder wie dieser amerikanische Schauspieler heißt, der die Kreissäge unseres sehr pariserischen O'Brady imitiert.

„Was kann ich für Sie tun, Monsieur Martin?" beginnt

Rosen und trommelt dabei nervös auf die Schreibtischplatte. Die ist übersät mit Lupen, Goldwaagen, anderen Kleinwaagen, kurz, mit dem ganzen Kram, den ein gewerkschaftlich organisierter Diamantenhändler so braucht. Dieser hier sicher nicht so oft, wie er's gerne hätte.

Ich tische ihm meine bewährten Lügenmärchen auf. Dabei sehe ich mich gezielt im Raum um. Auf einem Regal kämpfen ein paar Bücher um den besten Stehplatz. Auf einem Stuhl liegen Fachzeitschriften mit Fotos von Juwelen.

„Nationalität?" fragt Rosen, wie vorher Blumenfeld und die anderen.

Und wie Blumenfeld faltet er die zitternden Hände. Hab das Gefühl, daß Rosen ordentlich bechert.

Ich lege ihm auseinander, was ich mit ‚Nationalität' meine.

„Ja, ja", nickt Rosen und blinzelt mich über den Brillenrand an.

Während er mir einen Vortrag hält, dem ich kaum folgen kann, nimmt er die Hände wieder auseinander. Mit der Linken streicht er sich übers Kinn, kratzt sich am Ohr. Die Rechte trommelt wieder nervös auf die Schreibtischplatte, trommelt und trommelt und hört plötzlich auf, ruht sich wahrscheinlich aus. Und dann, zack!, verschwindet sie unter der Tischplatte. Mit einem Satz bin ich bei ihm, packe sein Handgelenk und zwinge ihn, die Kanone fallenzulassen, die er gerade aus der Schublade geangelt hat.

* * *

„Was soll das Opa?" fahr ich ihn an. „Was sind das für Sitten? Gibt doch schon genug Antisemiten auf der Welt. Soll ich bei ihnen Mitglied werden?"

„Machen Sie, was Sie wollen", winselt er. „Nehmen Sie alles mit, aber lassen Sie mich am Leben. Der alte Abraham hängt doch so am Leben. Es hat ihm nichts geschenkt, aber er hängt dran."

Er flennt, zittert wie Espenlaub, keucht wie ein Ochse. Bei

dem Handgemenge sind ihm Käppchen und Brille vom Kopf geflogen. Ich setze den alten Juden wieder ordentlich in seinen Sessel und heb den ganzen Krempel auf, einschließlich Revolver. Die Waffe, ein Trommelrevolver, steck ich in meine Tasche, das Käppchen setze ich dem Alten mehr schlecht als recht wieder auf die Glatze. Er läßt alles mit sich geschehen. Dann gebe ich ihm die Brille. Ein Glas ist kaputt. Wortreich beklagt Rosen den Schaden. Wie an der Klagemauer.

„Schon gut, schon gut", besänftige ich ihn. „Ich weiß ja, daß die Optiker nicht für schöne Worte arbeiten. Aber Sie können sich's doch leisten, oder?"

Beinahe hätte er „nein" gesagt, aber dazu ist er doch zu feige. Er setzt die Brille wieder auf die Nase. Mit dem kaputten Glas sieht er ziemlich komisch aus. Er seufzt, schnäuzt, geht auf Tauchstation und sucht die Glasstücke zusammen. Dann kommt er wieder hoch, legt sie auf seine jiddische Zeitung. Verblüfft blinzelt er: das Glas ist nicht zersplittert, nur in ein paar große Stücke zerbrochen.

„Die kann man vielleicht mit etwas Alleskleber ..." sage ich lachend.

Er sieht mich mit seinen ungleich großen Augen an. Mein Vorschlag scheint ihm zu gefallen.

„Und jetzt zum Ernst des Lebens", sage ich ernst. „Empfangen Sie Ihre Kunden immer mit dem Schießeisen in der Hand? Kein Wunder, daß Sie so wenige haben."

„Kunden?" stottert er los. „Kunden? Meinen Sie vielleicht, ich hätte nicht sofort gewußt, wer Sie sind, hm?"

„Und wer bin ich?"

„Ein übler Bursche, der einen wehrlosen alten Mann überfällt."

„Wehrlos ..."

Ich klopfe auf den Revolver in meiner Tasche.

„... ist etwas übertrieben."

„Ich weiß nicht, warum ich den rausgeholt habe", sagt Rosen. „Bin etwas nervös. Ich hänge am Leben und hab Angst. Vor vierzehn Tagen haben Gangster ..."

„... das Juwelenkontor überfallen, ich weiß. Und danach hat einer Ihrer Kollegen höchst unerfreulichen Besuch bekommen. Hieß Goldant oder Goldstein."

„Ja. Und als ich Sie so reden höre, ohne was zu sagen, über Dinge, von denen Sie offensichtlich keine Ahnung haben..."

„... haben Sie mich für einen Gangster gehalten, der Ihnen erst was erzählt und Sie dann über den Haufen knallt, hm?"

„Ja, und ich..."

„Schluß jetzt. Genug gejammert. Hier, der bin ich!"

Ich halte ihm meine Papiere vor das Auge mit dem heilen Brillenglas.

„Oh!" ruft Rosen. „Sie sind Privatdetektiv? Nestor Burma?"

Sieht nicht so aus, als würd ihn das übermäßig beruhigen.

„Genau der."

„Entschuldigen Sie mein Mißtrauen..."

Ich stecke meine Papiere wieder in die Tasche. Während ich mit dem kaputten Brillenglas rumspiele, sage ich:

„Vergessen wir's und setzen wir unsere nette kleine Unterhaltung fort. Ich habe gerade mit einem Fall zu tun, und dafür muß ich wissen, ob man bei einem Diamanten sagen kann, in welchem Land er geschliffen worden ist."

„Wie ich eben schon sagte: es ist schwierig und außerdem dem Zufall unterworfen. Wir können ihn ja erst mal untersuchen. Haben Sie ihn?"

„Nein."

„Tja, dann..."

Schweigen. Dann ich:

„Hören Sie, Monsieur Rosen. Die Russen machen nichts so wie alle andern. Vielleicht haben sie auch eine besondere Art, Edelsteine zu bearbeiten."

„Oh! Über Russen wird viel erzählt. Ihr Diamant kommt aus Rußland?"

„Glaub ich wenigstens."

„Na ja, dann..."

„Aber ich bin mir nicht sicher. Und..."

Ich unterdrücke einen Fluch. Rosen wird wieder nervös. Ehrlich gesagt, er wird schnell nervös.

„Was ist?“ fragt er ängstlich.

„Nichts, nichts ... Ich ... Kannten Sie Goldy? Eben hab ich Goldant oder Goldstein gesagt, aber sein richtiger Name war Goldy. Kannten Sie ihn?“

„Nein.“

„Für ihn arbeite ich, sozusagen. Er hatte neulich einen Diamanten in den Fingern. Nahm wohl an, daß es ein russischer war. Ich sollte nämlich nach Russen suchen. Hätte gerne gewußt, wie er drauf gekommen ist. Deswegen erkundige ich mich nach der Nationalität von Diamanten.“

„Ah ja, ich verstehe. Aber ich kann Ihnen da nicht weiterhelfen.“

„Sie können mir aber doch wohl sagen, ob Sie Goldy kannten?“

„N ... nein. Ich kannte ihn nicht.“

Sehr überzeugend!

„Aber, aber, Monsieur Rosen! Zufällig bin ich vom Gegenteil überzeugt. Ich hab eine Liste von Goldys Freunden und Geschäftspartnern. Sie stehen auch drauf.“

Er sinkt in sich zusammen und seufzt.

„Ja, gut. Ich kannte ihn. Aber ich will nicht mehr dran denken. Die Nachricht von seinem Tod hat mich erschüttert. Ich hab Angst vorm Sterben. Dachte nicht, daß das so schnell passieren kann. Deshalb bin ich auch so nervös.“

„Verständlich. Sie waren nie Uhrmacher, Monsieur Rosen?“

„Nein. Warum?“

„Wegen der Uhr.“

„Wegen welcher Uhr?“

„Man nimmt sie Stück für Stück auseinander, baut sie wieder zusammen und hat plötzlich zwei Uhren. Na ja, genauso war es eben mit Ihrem Brillenglas. Sehen Sie, ich hab hier die Glasscherben. Bis auf ein paar Kleinigkeiten kann man das Glas wieder zusammensetzen. Nur ... äh ... ich hab ein Teil zuviel. Komisch, hm?“

Rosen antwortet nicht, wird aschfahl. Das Zittern kommt wieder.

„Komisch, hm? Haben Sie eine Erklärung dafür? Ich hab eine. Als Sie die Splitter eben aufgesammelt haben, haben Sie einen mitaufgehoben. Der ist wahrscheinlich aus Ihrem Rockaufschlag gefallen, während unseres kleinen Kampfes. Das ist nämlich nicht das erste Mal gewesen, daß bei einem Streit Ihre Brillengläser zu Bruch gingen. Zum Beispiel bei Goldy. Wenn ich Sie näher untersuche, finde ich bestimmt Spuren von Schlägen."

Er blinzelt mich einen Moment lang schweigend an, dann murmelt er:

„Okay. Rufen Sie die Polizei. Das ist kein Leben mehr, nach dieser Sache. Rufen Sie die Polizei."

„Nein, die lassen wir hübsch in Ruhe. Sagen Sie mir lieber, wie das passiert ist. Schließlich handelt es sich hier nicht um eine Gummileiche."

„Gummileiche?"

„Ein kleiner Scherz. Höchst privat. Achten Sie nicht drauf. Also, Goldy hat Ihnen von diesem Diamanten erzählt, nicht wahr?"

„Ich sollte ihn begutachten."

„Und Sie haben festgestellt, daß es sich um einen russischen Diamanten handelt?"

„Ich habe festgestellt, daß der Stein sehr wertvoll war. Goldy wußte es, wollte aber sichergehen. Ich hab ihn gefragt, woher er ihn habe. Er hat's mir nicht gesagt, und ich hab verstanden."

„Was haben Sie verstanden?"

„Daß der Diamant gestohlen war. Na ja... hab's mir nicht sofort vorgenommen... die Idee ist ganz langsam herangereift... Na ja... Hab mir gesagt, daß ich was Gestohlenes doch wohl stehlen könnte... ohne Risiko... Goldy würde keine Anzeige erstatten... Ich bin ein alter Mann, Monsieur... Hab nie den Platz an der Sonne gehabt, den ich verdiene... mein Wissen ist beachtlich und..."

„Ja, ja, schon gut. Halten wir uns an die Tatsachen. Sie reden mich ja dumm und duslig mit Ihrem Blabla. Spielen Sie hier nicht den Wanderprediger."

Er verbeugt sich unterwürfig.

„Verzeihung... Ja, ich bin zu Goldy gegangen, neulich abends... Und als er mich einen Moment alleinließ, hab ich alles durchsucht..."

„... nach dem Diamanten."

„Ja. Er hat mich überrascht. Natürlich hat er sofort verstanden. Wir haben uns angeschrien. Dann sind wir handgreiflich geworden und... Ich wollte ihn nicht töten. Sie müssen mir glauben! Ich wußte zwar, daß er ein schwaches Herz hatte, aber trotzdem... Es war ein Unfall... ein schrecklicher Unfall."

„Und was war nach diesem... Unfall?"

„Ich hab mich aus dem Staub gemacht, so schnell ich konnte... nicht mal um den Diamanten hab ich mich gekümmert."

„Goldy hatte ihn zu dem Zeitpunkt gar nicht mehr."

„Oh! Das ist ja noch viel tragischer. Jedenfalls war mir nach diesem... Unfall der Diamant scheißegal... Gott sei dank hab ich die Spuren meines Besuchs beseitigt... auch das Brillenglas, das bei unserer Prügelei kaputtgegangen war. Dann bin ich abgehaun. Und seitdem stehe ich Todesängste aus... vor allem, weil jemand die Polizei verständigt hat... Es sei denn, das ist Bluff oder eine Erfindung von Journalisten..."

„Wohl beides."

„Wie dem auch sei, ich hab Angst, vor allem und jedem... besonders vor dem Tod... Rufen Sie schon die Polizei..."

„Aber nein, mein Lieber. Mit diesem Herzen wär Goldy sowieso früher oder später gestorben... egal. Aber jetzt weiß ich immer noch nicht, wieso Goldy angenommen hat, daß der Diamant aus Rußland stammte."

„Vielleicht hatte er Anhaltspunkte, von denen er mir nichts erzählt hat."

„Kann sein."

„Und diese Russen, die Sie suchen sollten, haben Sie sie gefunden?"

„Nein."

„Hm. Na ja, ich hab Ihnen alles gesagt... Was... was werden Sie jetzt tun?"

„Sie mit Ihren Gewissensbissen alleinlassen, Monsieur Rosen."

Ich werde bestimmt wiederkommen. Ja, ganz bestimmt. Der alte Gauner hat mir nämlich doch nicht alles gesagt. Ich werde ihn 'ne Weile schmoren lassen und dann in die Rue Papillon zurückkommen.

12

Der nächste Tag ist ein Sonntag. Ich geb mir frei. Am Montag tue ich so, als sei ich Lebensmittelhändler oder Frisör. Erst Dienstag nachmittag will ich Abraham Rosen wieder einen Besuch abstatten. In den zwei Tagen wird er wohl genug Zeit haben, um das Für und Wider auf seinen empfindlichen Goldwaagen abzuwägen. Mehr als genug. Aber dann am Dienstag beansprucht erst mal ein Kerl meine Aufmerksamkeit, den ich nicht kenne. Hat großes Pech gehabt.

* * *

Hélène ist ganz aufgeregt, als sie mit der Neuigkeit in mein Büro kommt.

„Haben Sie Zeitung gelesen?“

„Nein.“

Sie gibt mir gleich einen ganzen Stapel.

„Diesmal ist sie nicht aus Schaumgummi“, bemerkt sie.

„Wer?“

„Die Leiche.“

„Welche Leiche?“

„Die von Iwan Kostenko. Lesen Sie...“

Sie zeigt auf einen Artikel. Iwan Kostenko, Aufzugmechaniker bei den Galeries Lafayette, ist in den Aufzugsschacht gefallen.“

„Ja, und?“ frage ich.

„Das ist ein Russe.“

„Chruschtschow auch. Hat Sonntag noch ’ne Rede gehalten...“

„Dank Marc Covet“, sagt Hélène achselzuckend, „ist der

Crépuscule beim ‚Vermischten' ohne Konkurrenz. Bringt immer etwas mehr als alle andern. Hier, natürlich mit Fotos und so weiter."

Überschrift AUFZUGMECHANIKER usw., darunter zwei Fotos: derselbe Mann in zwei verschiedenen Lebensphasen. Auf dem ersten ist er noch jung, in Militäruniform. Auf dem zweiten ist er älter und in Zivil.

„Das ist er", sagt Hélène. „Der Russe von Sceaux. Hausdiener bei Natascha und Sonia. Der Mann, der mir in der Nacht so große Angst eingejagt hat..."

„Um Himmels willen, mein Schatz! Irren Sie sich auch nicht?"

„Geht doch gar nicht. Bei so 'ner Visage... äh... so 'nem Charakterkopf."

„Sagen Sie ruhig häßlich. Ist kürzer und zutreffender. Aber hier steht was von ‚Aufzugmechaniker'. Und gleichzeitig soll er Hausdiener in Sceaux gewesen sein?"

„Muß wohl. Oder er hat noch einen Zwillingsbruder..."

„Davon steht nichts im *Crépu*. Will aber nichts heißen. Wie erklärt man sich seinen Tod?"

Ich nehme das Blatt wieder in die Hand.

„Aha! Unfall oder Selbstmord. Soll in der letzten Zeit etwas seltsam gewesen sein, sagen seine Kollegen..."

„Oh, seltsam war er wohl!" bemerkt Hélène. „So wie er da stand, unter dem Baum, mitten im Gewitter!"

„Er war also seltsam, hatte sogar Urlaub genommen. Zur Erholung... Hm... War erst wenige Stunden wieder bei der Arbeit, als die Tragödie geschah. Wissen Sie, was ich meine? Werde mir gelegentlich bei Ihrer Freundin Sonia die Bestätigung dafür holen, aber... der Kerl war erschöpft, brauchte Ruhe, frische Luft... In Aufzügen hat man keine Aussicht... Er kannte Natascha, hat sie gefragt, ob er zu ihr kommen könne... für Gartenarbeit, zum Beispiel."

„Ach ja?"

Meine Sekretärin läßt ihr Haar tanzen. Spitzbübisch knipst sie mir ein Auge zu.

„Und Sie glauben das, was Sie erzählen?" fragt sie.

Ich muß lachen.

„Ach was", sage ich. „Nicht mehr als das, was ich Ihnen eben gesagt habe. Hätte noch gefehlt, daß ich zwischen den Reden Chruschtschows und den Räubergeschichten um Omer Goldy einen Zusammenhang herstelle."

* * *

Geduldig warten wir auf die folgenden Ausgaben des *Crépuscule*. Durch sie erfahren wir weitere Einzelheiten. Wie fast alle weißrussischen Emigranten – deren Reihen sich allmählich lichten – ist auch der Aufzugmechaniker eine schillernde Gestalt. Über ihn kann man 'ne Menge zusammenschmieren. Mein Freund Marc Covet läßt sich das natürlich nicht entgehen. Iwan Kostenko, ehemaliger Medizinstudent und subalterner Offizier, war Adjutant oder Sekundant oder so ähnlich – nur auf russisch – von General Goropoff und Oberst Lopukjin. Oberst Lopukjin ist zwar kein unbeschriebenes Blatt, ziemlich undurchdringlich. Aber Marc Covet hält sich nicht weiter mit ihm auf. General Goropoff gibt mehr her. Der ehemalige Offizier des Zaren und unbestrittene Führer der Weißgardisten in Europa ist nämlich auf geheimnisvolle Weise verschwunden. Wenige Monate vor dem Krieg. Von der GPU verschleppt, sagen die einen; von der Gestapo, behaupten die andern. Covet weist darauf hin, daß Iwan Kostenko damals eine wichtige Aussage gemacht hatte. So wichtig, denke ich bei mir, daß man nie erfahren hat, was aus Goropoff geworden ist. Na ja, das nur am Rande.

„Goropoff!" ruft Hélène.

„Was ist mit Goropoff?"

„Sonia hat von ihm gesprochen. Nataschas Mann, Spiridowitsch, kannte Goropoff."

„Diese Emigranten brüten immer irgendwas aus. Kennen sich alle. Das ist nichts Besonderes."

„Und was ist aus ihm geworden, diesem Voronoff?"

„Goropoff, nicht Voronoff. Was soll der Versprecher? Scheint mir gar nicht so unwichtig..."

„Das war Absicht. Also, was ist aus ihm geworden?"

„Wie Covet schreibt: Er ist verschwunden. Eines schönen Tages im schönen Jahr 1939 ist er zu einem geheimen Treffen gegangen. In der Hand eine Aktentasche, die wahrscheinlich Akten enthielt. Was sonst. Man hat ihn nie wiedergesehen."

Wir lesen weiter Zeitung.

Iwan Kostenko wohnte ganz in der Nähe seiner Arbeitsstelle, in der Rue Joubert, in einer Dienstbotenkammer. Die Polizei hat sie routinemäßig untersucht, obwohl immer mehr an Selbstmord geglaubt wurde. Es ist aber nichts Sensationelles dabei rausgekommen... außer einem Skelett, das in einer Ecke hing. Dieser Ex-Weißgardist hatte wirklich krankhafte Neigungen. Noch ein Pluspunkt für die Selbstmordthese.

„Mit etwas Glück ist das Goropoffs Skelett!" sage ich lachend.

Pustekuchen! In diesem Monat hab ich kein Glück mit Leichen. Zwei Zeilen weiter lese ich, daß diese makabre Trophäe am 7. März im Auktionslokal in der Rue Drouot versteigert wurde. Die Quittung hat man bei Kostenkos Sachen gefunden. Ich kratz mich am Kinn, Auktionslokal... Skelett... Da war doch was! Ach ja. Die Zeitungen haben sich lang und breit über das Skelett ausgelassen. Jawohl! Das Skelett einer Frau, mit einem Bein. Kein Käseblatt hat sich die Anspielung auf eine bekannte Hure entgehen lassen. War es vielleicht das Gerippe der Frau mit dem Holzbein, der „Einbeinigen von den Boulevards", wie sie genannt wurde? Zwischen Oper und Madeleine hatte sie gestanden. Die älteren Pariser konnten sich noch gut an sie erinnern. Wundert mich, daß Marc Covet keine entsprechenden Anspielungen gemacht hat, so zur Auflockerung. Vielleicht war er enttäuscht, daß Kostenko das Skelett einfach so gekauft hatte. Bestimmt hat er auf was Aufregenderes gehofft. Na ja, jedenfalls keine Anspielung auf die „Einbeinige von den Boulevards". Dafür folgt aber weiter unten eine Entschädigung. Zwischentitel:

FÜHRTE IWAN KOSTENKO EIN DOPPELLEBEN?

Marc Covet stützt sich dabei auf die halbanonyme Aussage einer gewissen Madame S. In Wirklichkeit ist gar nichts dran an dieser Aussage. Aber die Frage nach dem Doppelleben des Aufzugmechanikers belebt den Artikel.

Madame S. hat der Polizei erklärt, sie habe Iwan Kostenko gekannt. Er habe bei ihr die drei Wochen Urlaub verbracht. Madame S. kannte Kostenko seit langem. Sie ist die Witwe eines Obersten des Zaren, der ein enger Vertrauter von General Goropoff war. „Vor drei Wochen", erklärte Madame S., „hat mich Kostenko besucht, nachdem ich ihn lange aus den Augen verloren hatte. Ich weiß nicht, woher er meine Adresse hatte. (Zwischenbemerkung von Covet: Das war kein Kunststück. Madame S. nimmt in der Pariser Gesellschaft einen exponierten Platz ein.) Kostenko hat mich gebeten, ihm Arbeit zu verschaffen. Zufällig benötigte ich eine Arbeitskraft in meinem Hause. Ich ahnte nicht, daß er bei den Galeries beschäftigt war." Über Kostenkos Verhalten befragt, sagte Madame S., ihr Landsmann habe auf sie manchmal einen sonderbar gehetzten Eindruck gemacht. „Das hat mich aber nicht weiter erstaunt", sagte Madame S. noch. „Wir aus dem alten Rußland sind alle etwas sonderbar. Wir haben so sehr unter den Ereignissen gelitten..."

„Das hat sie mir auch gesagt", wirft Hélène ein.

Letzten Freitag, erklärte Madame S. weiter, sei Kostenko weggefahren, in die Provinz, wie er gesagt habe. Er sei ihr nicht sonderbarer als sonst vorgekommen. Ohne an Selbstmord zu zweifeln, drängt sich die Frage auf: Wurde Kostenko tatsächlich gehetzt? Wurde er von irgend jemandem verfolgt? Hat er sich bei Madame S. versteckt? Und ist er seinen Feinden in die Hände gefallen, als er dachte, die Gefahr sei vorüber?

Covet ist von seinen Fragen selbst nicht besonders überzeugt. Das merkt man. Aber nicht jeden Tag läuft einem ein Weißrusse vor die Schreibmaschine. Die werden immer seltener. Einer nach dem andern stirbt. Wie der letzte Kürassier von Reischoffen. Bald wird keiner mehr übrig sein. Vor allem keiner, der den General Goropoff wiedererstehen läßt, dazu die GPU und den ganzen Zauber, bei dem Moskau Hand in Hand mit deutschen Stiefeln marschierte.

„A propos GPU", sage ich laut. „Haben Sie auch das kommunistische Blatt?"

Hélène zieht es aus dem Stapel und reicht es mir. Ich lese:

Durch den Selbstmord eines Ex-Weißgardisten, eines abartigen Sonderlings, der, was die Polizei herausgefunden hat, mit Skeletten handelte, sieht sich die korrupte bürgerliche Presse veranlaßt, Geschichten auszugraben, die von den Arbeitern aller Länder schon seit langem der Gerechtigkeit zugeführt wurden. Dieser Kostenko war anscheinend der Adjutant von General Goropoff, dem „hüftenschwingenden Helden", wie ihn das Emigrantengesindel nannte, dessen Verschwinden ..."

Das bringt mich nicht weiter. Ich laß es damit gut sein, zünde mir eine Pfeife an und trinke einen Schluck.

„Und nun?" fragt mich Hélène, meine hübsche Sekretärin.

„Nun frage ich mich, was er mit einem Skelett wollte, unser Kostenko."

Ich schnappe mir das Telefon und rufe den *Crépu* an.

„Marc Covet, bitte."

„Moment ..."

„Jaaa?" knurrt mein Freund, der Alkoholexperte.

„Hier Nestor Burma."

„Oh, *Salut*!"

„*Salut*. Ich interessiere mich für diesen Kostenko. Sagen Sie ... Was sollen die Fragen in Ihrem Artikel? Vor allem zum Schluß ..."

„Schmückendes Beiwerk. Aber vielleicht hab ich da irgendwas angetippt, ohne es zu wollen? Wenn Sie sich für die Geschichte interessieren...“

„Nur weil sie originell ist. Also, was ist das für ein Skelett?“

„Ein Skelett eben.“

„Was wollte er damit?“

„Keine Ahnung. Vielleicht hat es ihn an seine Jugend erinnert. Der Kerl hat immer von der Vergangenheit gefaselt. Weiß ich von seinen Arbeitskollegen. Hat nämlich früher mal Medizin studiert.“

„Scheiße! Stimmt. Daran hab ich nicht mehr gedacht. Was anderes: hab gelesen, daß General Goropoff ‚Der hüftenschwingende Held‘ genannt wurde. War er so was wie ’ne männliche Marilyn Monroe?“

„Flacher, außerdem mit Bart. Hieß auch ‚Der Glorreiche mit dem Hinkebein‘.“

„Aha! Der Mann mit dem Klumpfuß, hm? Der hat uns noch gefehlt. Und warum Hüftschwung und Hinkebein?“

„Hat gegen die Roten gekämpft und wurde am Bein verwundet.“

„Tja, das reicht fürs Hinken, allerdings. Um wieder aufs Skelett zurückzukommen: Sie haben den Schuß nicht gehört!“

„Welchen Schuß?“

„Ich weiß, der Witz ist alt, aber wie ich Sie so kenne... erstaunlich, daß Sie ihn nicht gebracht haben.“

„Was für ein Witz?“

„‚Die Einbeinige von den Boulevards‘! Das ist doch das Frauenskelett, das Kostenko sich zugelegt hat, oder?“

„Ganz im Gegenteil!“ wundert sich jetzt der Journalist. „Jedenfalls war das, was ich in seinem Zimmer gesehen habe, komplett.“

„Sie haben’s gesehen?“

„Zusammen mit den Flics. Hab sogar ’n Foto gemacht. Ist aber nicht veröffentlicht worden. Oh...“

Plötzlich kapiert er, daß da irgendwas nicht hinhaut.

„Großer Gott, Burma. Was soll das heißen?“

„Weiß ich noch nicht. Werd aber versuchen, es rauszukriegen. Kein Wort davon in der Presse, ja?“

Mein Freund kann es sich jedoch nicht verkneifen, eins von der kräftigen Sorte in den Apparat zu spucken.

13

Ich weiß nicht warum, aber die Rue de Mogador zwischen der Place de la Trinité und der Rue de la Victoire hat mich immer schon an Marseille erinnert. Vor allem in der Morgensonne. Heute abend jedoch erinnert sie mich nur an die Rue de Mogador. Auch nicht schlecht. Ich liebe alles an der Straße: ihr Theater, ihre Restaurants, ihre Bistros (vor dem Krieg gab es eins, das *Zu den Gangstern* hieß), ihre Geschäfte und ihre guterzogenen Huren, die dich mit „Guten Tag, Monsieur“ ansprechen. Ah! Die Huren in der Rue de Mogador! Eben war von der „Einbeinigen von den Boulevards“ die Rede. Eine weitere Pariser Sehenswürdigkeit ist die „Lehrerin aus der Rue de Mogador“. Sieht wie ’ne pensionierte Lehrerin aus. Lehrerin oder Frau vom Wohltätigkeitsverein, sie hat von beiden was an sich. Graue Haare, Brille, unauffälliges Täschchen, strenge Kleidung . . . und dann ihr Alter. Alles in allem wirkt sie wie ’ne Kleinbürgerin, ’ne Lieblingsoma oder was es sonst noch so gibt. Wahrscheinlich hat sie sich auf Kunden mit Ödipuskomplex spezialisiert. Erst als ich sie zu einer anderen, über deren Gewerbe kein Zweifel bestand, sagen hörte: „Heute steht man sich die Beine in den Bauch!“, hab ich kapiert, daß sie auch dazugehört. Vorher dachte ich, sie würde auf den Bus warten.

Als ich heute abend durch die Rue de Mogador schlendere, tuschelt die Wohltätigkeitsdame gerade mit zwei Kolleginnen an der Ecke Rue de la Victoire, vor einem geschlossenen Bastgeschäft. Ich komme näher, und das Grüppchen löst sich auf. Eine von ihnen stellt sich mir in den Weg, die beiden Brüste wie zu einem Raubüberfall auf mich gerichtet. Eine Straßenlaterne leuchtet kosten- und schamlos ihr großzügiges Dekolleté aus.

„Guten Abend, Monsieur“, flüstert die Kleine leise und vielversprechend.

„Guten Abend“, antworte ich.

Kurz darauf duzen wir uns, tauschen die üblichen Sätze aus. Aber anscheinend läßt meine Begeisterung zu wünschen übrig. Die Kleine versucht, mich auf Touren zu bringen.

„Ich mach dir die Nummer mit dem Skelett“, lockt sie.

„Genau das Richtige für mich“, hake ich sofort ein. „Bin nämlich hinter einem Skelett her. Hab von dem Russen gehört, der eins bei sich zu Hause hatte, in der Rue Joubert. Ich bin Journalist. Vielleicht hast du ja den komischen Kerl gekannt ...“

„Vielleicht“, sagt sie seufzend. „Du bist also Journalist?“

„Ja.“

Sie seufzt wieder.

„Hab ich 'n Schwein. Journalist. Also nichts zu machen, hm? Du kannst bestimmt jede Menge Starlets haben ...“

„Von wegen. Außerdem gehör ich noch zur alten Schule. Aber sag mal ... Was ist das, die Nummer mit dem Skelett?“

„Hab ich nur so gesagt. Aus Spaß. Und auch, weil ich den Kerl mit seinem Skelett von meinem Fenster aus oft beobachtet hab. Als ich das zum ersten Mal sah, das Skelett, hatte ich ganz schön Schiß.“

Ich komme zur Sache:

„Du siehst aber gar nicht aus wie 'n Skelett. Ganz im Gegenteil! Gehen wir zu dir? Ich bin so 'ne Art Freizeitarzt. Will mal sehen, ob dir was fehlt ...“

Wir gehen in ihr Hotel. Kaum im Zimmer, ziehe ich die Vorhänge zur Seite und reiß das Fenster auf.

„Hast du 'n Knall?“ schimpft das Mädchen.

„Halt die Luft an, Kleine. Wir haben doch noch was an, oder? Und wer soll uns hier auf die ... äh ... Finger gucken? Nichts als Dächer ...“

„Egal. Ich will keinen Ärger.“

Sie knipst das Licht aus und kommt zu mir ans Fenster.

„Du bist 'n ganz Heißer, hm?“

„Geht so. Und wo ist die Bude mit dem Skelett?"

„Was zahlst du für so was?" eröffnet sie die Tarifrunde.

So einen wie mich hat sie bestimmt noch nicht gesehen.

„Reicht das?" frage ich und geb ihr Geld. Ziemlich viel Geld. Sie zählt es und kriegt große Augen.

„Teufel nochmal!" wundert sie sich und legt ihre Hand auf meinen Arm. „Was soll das?"

„Kümmre dich nicht drum. Hab in der *Loterie nationale* gewonnen."

Sie lacht.

„Oder 'ne Bank ausgeräumt, hm? Ist mir auch scheißegal, aber ... was muß ich denn dafür tun?"

„Nichts."

„Nichts? Meinst du ... gar nichts?"

„Überhaupt nichts. Jedenfalls nicht das, was du denkst. Nur von Kostenko erzählen, dem Russen, wenn du ihn gekannt hast oder von deinen Kolleginnen was über ihn gehört hast. Ich schreib einen Artikel über den Fall. Deswegen bin ich heute abend hier."

„Ach ja? Also gut. Er war Kunde bei mir ..."

Sie erzählt mir was über ihn. Aber genausogut könnte ich zu meinem Frisör gehen. War wirklich 'ne komische Idee. Nicht gerade erstklassig. Gib's zu, Nestor. Du wolltest dich nur bei 'ner Hure rumdrücken. Kostenko war nur ein scheinheiliger Vorwand.

Wir lehnen beide zum Fenster raus und halten unsere Nasen in den nächtlichen Frühlingswind von Paris. Hinter einem Wald von Schornsteinen in Richtung Gare Saint-Lazare wechselt der Himmel ständig die Farbe: rot, grün usw. Je nachdem, wie die verschiedenen Leuchtreklamen an der Place du Havre aufleuchten oder verlöschen.

„Na gut", sage ich, als ich das Gefühl habe, genug Zeit vertrödelt zu haben. „Ich hau mal ab."

Da fällt mir ein, daß ich immer noch keine Antwort auf die Frage nach Kostenkos Zimmer habe. Ich stelle sie noch einmal, obwohl es mir nicht mehr so wichtig scheint.

„Da“, sagt das Mädchen und streckt den Arm aus. „Großer Gott! Sag mal, das Skelett wird doch wohl nicht...“
„Was?“ frage ich.
„Siehst du nicht? Da ist Licht, bei ihm...“

* * *

Kostenkos Haus steht direkt neben dem Stundenhotel. Glaub nicht, daß ich einfach so reinkomme. Aber versuchen kann ich's ja mal. Hier, wo das älteste Gewerbe der Welt ausgeübt wird, haben viele Häuser keine automatischen Türöffner. Vielleicht befinden sich in diesen Häusern Büros, vielleicht sind Concierges und Eigentümer mißtrauisch und obendrein etwas gemein und wollen nicht, daß sich die Huren vor den Sittenwächtern in die Hausflure flüchten. Aber ich hab Glück. Kostenkos Haus gehört nicht zu der ungastlichen Sorte, die den Mühseligen und Beladenen gegenüber so hartherzig sind. Ich brauche nur auf den Klingelknopf zu drükken, und schon bin ich drin. Als ich an der Conciergeloge vorbeigehe, brumme ich nur irgendeinen Namen. Dann gehe ich hoch. Hier gibt es keinen Aufzug. Für den Russen 'ne willkommene Abwechslung zu seiner Arbeitsstelle. Auf der Treppe frage ich mich, wen ich wohl dort oben antreffen werde. Die Flics bestimmt nicht. Dafür ist das Licht im Zimmer des verstorbenen Aufzugmechanikers zu schwach. Das sieht nach heimlicher Operation aus. Die Flics fassen nichts mit Samthandschuhen an. Diskretion ist für die ein Fremdwort.

Oben muß ich mich erst mal orientieren. Licht gibt es nur bis zur dritten Etage. Ich reiße ein Streichholz an und gehe auf leisen Sohlen an den Türen mit den Visitenkarten vorbei. Da! Auf einem vergilbten Zettel steht es schwarz auf gelb: Iwan Kostenko.

Ich lausche. Kein Ton, kein Laut. Auch nicht leise. Also, hab ich vom Hotel aus Licht gesehen oder nicht? Ist meine Freundin von eben etwa blind? Nein. Und hat sie sich im Fenster geirrt? Bestimmt nicht. Das berühmte Skelett erinnert sie an ihre Arbeit. Genug gegrübelt! Wenn ich schon mal hier bin, dann muß auch was passieren. Ich taste die Tür ab, suche einen Knopf, eine Klinke oder so was. Nichts. Na schön, dann muß eben der Pfeifenreiniger her. Ich... Psst, Nestor! Hörst du nichts? Da drin ist jemand, alter Freund. Hörst du nichts? Doch. Und was? Ein metallenes Geräusch. Wie ein... Das werden wir gleich sehen. Ich hole mein Spezial-Pfeifenbesteck raus und quäle das Türschloß. Es spielt mit. Vielleicht nicht so gut wie Sophie Desmarets, aber es geht. Vorsichtig schiebe ich die Tür auf. Im Zimmer ist es tatsächlich dunkel! Ich nehm die Kanone in die Hand. Und jetzt, aufgepaßt! Ich muß dran denken, was mir neulich in der Rue Payen im 15. Arrondissement passiert ist. Ich gehe in eine dunkle Bude, wie diese hier. Hinter der Tür steht einer, und kaum bin ich drin: Peng!, haut er mir eins auf die Rübe. Wie so oft! Jetzt stoße ich die Tür weit und heftig auf, dreh mich um und schlag sie wieder zu. Sie fällt scheppernd ins Schloß, daß es nur so eine Freude ist. Dann stürze ich vorwärts und... stolpere über ein tiefes Möbelstück, das genau im Weg steht. Scheiße! Ich falle der Länge nach hin, höre noch das unheimliche Geklapper von Knochen und kriege dann meinen wohlverdienten Schlag auf den Hinterkopf. Keiner entgeht seinem Schicksal.

* * *

Aber es ist ein leichter Schlag. Er betäubt mich nur für ein paar Sekunden. Ich schüttele mich, komme wieder zu Atem, lausche. Nach unserem Zusammenstoß bewegt das Skelett die müden Knochen. Ein langsamer Totentanz. Die Gardine am offenen Fenster bauscht sich im Nachtwind. Ihre Ringe machen dieses metallene Geräusch an der Gardinenstange. Wenn eben noch jemand im Zimmer war, jetzt ist außer mir niemand mehr da. Und was mir den Schlag verpaßt hat, kann ich im Schein eines Streichholzes identifizieren: ein Soldatenhelm. Er hing an der Wand. Durch die Erschütterung hat er sich selbständig gemacht und ist mir direkt auf den Kopf gefallen. Die neue Burma-Methode! Hiermit gebe ich sie für den allgemeinen Gebrauch frei. Hélène hat vorausgesagt, daß der berühmte Detektiv was draufkriegt. Damit sie recht behält, schlägt er sich selbst k.o., wenn er merkt, daß andere das nicht können oder wollen. Prima. So was nennt man „Scheiße bauen". Aber es muß doch noch was anderes zu machen sein! Licht, zum Beispiel. Die Bude hat nicht mal den primitivsten Komfort. Weder Gas noch Strom. Dafür eine Kerze. Ich zünde sie an. Scheiße nochmal! Der Kosake hat sich ja prächtig amüsiert mit seinem Skelett, im flackernden, düsteren Kerzenlicht! Ich seh mir das Gerippe näher an. Und es ist doch das einbeinige, ob es Marc Covet nun gefällt oder nicht! Und außerdem war das früher mal 'ne Frau. Das Becken einer Frau ist breiter als das eines Mannes. Ich suche und finde einen Zollstock, mit dem ich die durchsichtige Leiche messe. Heute nachmittag noch, nach meinem Telefongespräch mit Marc Covet, habe ich mich nach den Maßen des hüftenschwingenden Generals erkundigt. Dieses Skelett hier ist gute zehn Zentimeter größer als er. Und außerdem ist es das Skelett einer Frau. Also ist es nicht der verschwundene General. Ich kann gar nicht sagen, ob ich mich darüber freue oder nicht.

Ich stelle den Hocker, in den ich gerannt bin, wieder auf die Beine, setze mich und betrachte pfeiferauchend das Skelett. Es schwingt immer noch leicht hin und her. Will mich wohl verführen! Kokett, wie? Mir fällt das Licht wieder ein, das wir vom Hotelzimmer aus gesehen haben. Hier war also jemand. Jemand, der ganz schnell abgehaun ist, bevor ich auf die Bildfläche stolperte. Was hat dieser Jemand hier gemacht? Gewollt? Gesucht? Was? Was? Was? Ist doch sonnenklar, oder? Jemand wollte seinem *pot-au-feu* mit einem saftigen Knochen mehr Geschmack geben.

14

Am nächsten Tag steht nichts über Iwan Kostenko in der Zeitung. Völlig normal. Aktuelle Themen altern schneller als die Mitglieder der Comédie Francaise. Eine Neuigkeit jagt die nächste. Gestern noch ein Feuerwerk, ganz heiß, kochend, brandaktuell, überall Iwan Kostenko. Heute nimmt so ein eifersüchtiger kleiner Blödmann seinen Platz ein, der zuerst das Objekt seiner Liebe und dann sich selbst erschossen hat. Damit er keine kleinen Eifersüchtigen mehr machen kann, wenn ich so sagen darf. Jedenfalls kann er keine Nachkommen mehr zeugen. Immerhin ein Trost.

Also kein Wort über Kostenko. Dabei hätte ich gerade jetzt gerne mehr über ihn erfahren. Der Gedanke, Marc Covet aushorchen zu müssen, paßt mir gar nicht. Aber immer noch weniger gefährlich, als zu den Flics zu laufen.

Ich verabrede mich also mit meinem Freund und fahre zum *Crépu*.

* * *

Der trinkfreudige Journalist sieht mich mit seinen wässrigen Augen an – das einzige, was er mit Wasser zu tun hat.

„Ja, mein lieber Burma? Riechen Sie, daß etwas faul ist?"

„Zumindest geheimnisvoll", antworte ich.

„Also, Sie geraten in so was rein wie Haare in die Suppe."

„Stimmt, man kann sagen, um mich herum spielen sich eine Reihe merkwürdiger Dinge ab. Möglich, daß ich sie mit Gewalt zusammenbringe. Mehr nicht. Seien Sie so nett und geben Sie sich damit zufrieden. Wenn es Stoff für einen Sensationsartikel gibt, werd ich Sie schon nicht vergessen ... Sagen

Sie ... Sie haben doch ein Foto von diesem Skelett gemacht. Kann ich's mal sehen?"

„Klar."

Er holt einen Abzug aus der Schreibtischschublade. Das Bild könnte besser sein, aber wir sind hier nicht bei einem Fotowettbewerb. Das Skelett hat jedenfalls zwei Beine. Vielleicht nicht ganz komplett, aber es hängen bestimmt mehr Knochen dran als an dem, das ich letzte Nacht gesehen habe. Natürlich werd ich Covet nichts von meinem kleinen Ausflug in die Rue Joubert erzählen.

„Kein Zweifel", sage ich und geb ihm das Foto zurück. „Das ist kein einbeiniges Skelett. Nur: das Skelett, das in dem Auktionshaus verkauft wurde, hatte nur ein Bein. Und Kostenko hat sein Gerippe in genau diesem Auktionshaus gekauft."

„Ja. Und was heißt das?"

„Wie ich Ihnen gestern schon am Telefon gesagt habe: keine Ahnung. Vielleicht heißt das ja nur, daß die in der Rue Drouot einen ganzen Friedhofsbestand auf den Markt geworfen haben."

Marc Covet steckt sich eine Zigarette ins Gesicht.

„Das wüßte ich. Schon über das mit dem einen Bein ist genug gequatscht worden."

„Weil das 'ne Kuriosität war. Ein komplettes Skelett ist banaler, alltäglicher, uninteressanter."

Lächelnd schüttelt mein Freund den Kopf.

„Nein. Auch komplette Skelette laufen einem nicht ständig über den Weg."

„Stattgegeben. Hat Kostenko das Gerippe tatsächlich in dem Auktionshaus gekauft?"

„Man hat bei ihm eine entsprechende Quittung gefunden."

„Lassen wir die Knochen", sage ich achselzuckend. „Ist sowieso praktisch nichts dran. Was gibt's sonst Neues? Hab bemerkt, daß die Zeitungen – Ihre auch – nichts mehr über den Fall schreiben. Auf Anweisung, oder gibt's nichts mehr zu schreiben?"

„Es gibt nichts mehr. Man könnte sich natürlich noch 'ne Menge aus den Fingern saugen, kein Problem. Aber wir haben keinen Platz. Von den Flics hat's jedenfalls keine Anweisungen gegeben. Quält sie wohl nicht besonders, der Fall. Vermuten keine sensationellen Verwicklungen dahinter. Offensichtlich sind Sie anderer Meinung, hm?"

„Keine Ahnung, wie gesagt... ich tappe noch im dunkeln... Aber a propos ‚aus den Fingern saugen': das mit Kostenkos wichtiger Aussage bei General Goropoffs Verschwinden, war das aus den Fingern gesaugt, oder beruht das auf 'ner ordentlichen Quelle? Mußte nämlich dran denken, daß trotz der ‚wichtigen Aussage' der Fall damals nie aufgeklärt wurde."

„Etwas Bluff war schon dabei", gibt Covet zu.

Er zündet sich eine neue Zigarette an der Kippe der alten an.

„Hab meine Quelle nicht überprüft. Aber es ist nicht so wichtig. Also hab ich's heute nicht richtiggestellt. Wie gesagt, wir haben Platzprobleme. Hab mich bei den Flics erkundigt. Also, folgendes ist 1939 passiert: Kostenko ist zu ihnen gekommen, um auszusagen.."

„Weil er in der Nähe des Verschwundenen gelebt hatte?"

„Ja."

„Aber da war er doch nicht der einzige?"

„Natürlich nicht. Und darum hat man ihm auch nicht zugehört."

„Ach! Er hat gar nicht ausgesagt?"

„Nicht sofort. Vorher kamen noch viele Emigranten dran. Standen Schlange."

„Der Rangfolge nach?"

„So ungefähr. Und die Flics wurden müde. Hatten so langsam die Schnauze voll von den Weißrussen und ihren Geschichten. Sechs oder sieben Monate hatten sie's sich schon anhören müssen. Und außerdem verfolgten sie gerade 'ne wirklich heiße Spur. Die führte sie zur ‚Maria Oulianowa'. Der sowjetische Frachter lag in Le Havre vor Anker."

„Aber weiter führte die Spur nicht, wenn ich mich recht erinnere."

„Sie erinnern sich recht", stimmt Covet mir zu.

„Also, die Ermittlungen dauerten schon mehr als sechs Monate, als Kostenko auftauchte? Man kann wirklich nicht sagen, daß er ein übereifriger Zeuge war, hm?"

„Nun, eigentlich... hab ich's Ihnen nicht erzählt? Er war ganz zu Anfang schon gehört worden, wie alle Angehörigen – oder sozusagen Angehörigen – des Generals. Aber es war nichts Gescheites dabei rausgekommen. Nicht anzunehmen, daß jetzt mehr rauskommen würde. Kostenko ließ aber nicht locker. Hatte wahrscheinlich inzwischen Klatschgeschichten gehört und wollte sie weitergeben."

„Klatschgeschichten?"

„Die von der Sicherheitspolizei wurden damit bombardiert. Sind sie ja auch gewohnt, oder? Die Vereinigung der Russen war nichts als Fassade. All diese übriggebliebenen Helden erschwerten die Arbeit der Justiz mehr als alles andere, mit ihren Streitereien, Richtungskämpfen, Gruppenrivalitäten und Verschwörungen. Sie waren gezwungen, nicht zuviel von ihren Aktivitäten auszuplaudern. Kurz und gut, Kostenko wurde nicht wieder verhört. Und dann kam der komische Krieg und das ganze Theater. Man hatte andere Sorgen und... Gesprächsthemen."

„Also war Iwan Kostenko im Fall Goropoff nicht wichtiger als alle andern Zeugen?"

„Sie sagen es. Scheint Sie zu enttäuschen... Äh... Was suchen Sie eigentlich, Burma?"

„Nichts."

„Hm", brummt er stirnrunzelnd. „Ich dachte, Sie suchen was Bestimmtes. Wo Sie doch immer die Dinge hinter den Dingen sehen... Sie wollen nicht zufällig den Tod... vielleicht ist es ja wirklich nur Selbstmord... den Tod von Kostenko mit Goropoffs Verschwinden in Zusammenhang bringen? Ganz verlockend, sicher..."

„Habt ihr das nicht auch gemacht, ihr Zeitungsfritzen?"

„Ach, wissen Sie! Was wir gestern über Goropoff geschrieben haben…"

Er fegt es mit einer Handbewegung zur Seite.

„… Na ja, Sie kennen doch unseren Job! Nein, im Ernst. Meiner Meinung nach ist das Schnee von gestern. Tot und begraben. Wir haben's nur wieder ausgebuddelt, weil wir dadurch ganz billig was Sensationelles schreiben konnten… So was lassen wir uns nicht entgehen."

„Hab ich mir gedacht. Jaja, ich kenne Ihren Job."

Er drückt seine Kippe im Aschenbecher aus.

„Tja", sagt er kopfschüttelnd. „Gesunder Menschenverstand. Ganz hübsch, 'ne blühende Phantasie, aber trotzdem… Nehmen wir mal an, Kostenko wußte was über den Fall Goropoff, was ihm Ärger einbringen konnte. Meinen Sie nicht, daß er den nicht schon früher gekriegt hätte? Das liegt doch jetzt einige Jährchen zurück!"

„Ihr Verstand hat bestimmt recht. A propos Verstand. Kostenko war wohl nicht mehr so recht bei seinem…"

„Der war wirklich bescheuert", stimmt mir Covet zu. „Nicht ganz richtig im Oberstübchen, aber keine Leiche im Keller, wie der Engländer sagt. Wenn Sie verstehen, was die damit meinen. Irgendein Geheimnis. Nein, kein Skelett, außer dem in seinem Zimmer… Oh, Scheiße!"

„Wie bitte?"

Der Journalist reißt seine wässrigen Augen weit auf.

„Das Skelett… könnte es das von Goropoff sein?"

„Wer läßt sich denn da von seiner Phantasie mitreißen?" sage ich lachend. „Dachte, ich hätte das Monopol darauf. Nein, mein Lieber. Ich kann Ihnen versichern, das sind nicht die Knochen des Generals."

„Ah, schade… Na gut. Hab den Eindruck, wir reden dummes Zeug. Mich jedenfalls plagen keine Zweifel. Vielleicht, weil ich Durst habe…"

„Also…" Ich stehe auf.

„… bleiben wir beim Thema und gehn wir 'n Glas Wodka trinken."

Marc Covet springt auf, schlägt die Hacken zusammen, nimmt Haltung an und brüllt:

„Fürrr Gott, fürrr Vaterrrland, fürrr Zarrr."

„*Nitschewo*", antworte ich.

Wie die Kosaken der Rrrrettungsmannschaft rrrennen wirrr zurrr Barrr.

* * *

Ich esse mit Marc Covet auch noch gleich zu Mittag. Dann fahre ich zum Auktionshaus. Möchte soviel wie möglich über das Skelett wissen, das Kostenko sich zugelegt hat. Alle sind sich einig, daß er's in der Rue Drouot gekauft hat. Aber so langsam bezweifle ich das.

Vor dem Hinterausgang des Auktionshauses in der Rue Rossini stehen Lastwagen. Packer schleppen Möbel. Ich weiß nicht, wie sie hier genannt werden; muß aber 'ne besondere Bezeichnung für sie geben, wie für die *Forts des Halles*. Sie tragen Uniform, schwarze Hosen und schwarze Jacken mit roten Paspeln, besondere Schirmmützen, die die Ohren bedecken. Der unterschiedlichste Krempel steht auf dem Bürgersteig, bewacht von den Käufern, meistens Trödlern. An der Ecke Rue Chauchat keilen sich die Taxis ein, die sie gerufen haben. Die Fahrer schnauzen sich an.

Ich gehe in das Gebäude. Frage einige Leute nach dem Skelett. Völlig für die Katz. Dann treib ich einen jungen Kerl auf. Nicht ganz klar, was der hier zu tun hat. Macht nichts. Hauptsache, er ist nicht auf den Kopf gefallen, interessiert sich für alles und weiß über noch mehr Bescheid. Geschwätzig wie 'ne Elster. Ich geb mich als Journalist aus. Diese Geschichte mit dem Russen habe mich auf die Idee gebracht, eine Serie über die Kuriositäten des Auktionshauses Drouot zu schreiben.

Skelett? Russe? Ja, ja, richtig. Der Russe, der sich in den Aufzugschacht geworfen hat. Ja, der hat das Skelett gekauft. Stand doch in den Zeitungen, hm? Nein, Irrtum ausgeschlossen. Er selbst war dabei, wollte es sogar kaufen, so zum Spaß, nur so 'ne Idee; alle haben sich gefragt, was der Russe damit wollte. Na ja, das war jetzt klar: der war bescheuert.

„Haben viele mitgeboten?"

„Ja und nein. Wissen Sie, wer ist schon bekloppt genug, um wirklich diese Knochen mit nach Hause zu schleppen. Außer dem Russen. Aber zum Spaß... Einige haben mitgeboten. Dann hat aber der Russe die Frau gekriegt."

„Das Skelett stammte also von einer Frau?"

„Sagen die Experten, ja."

„Mit einem Bein, glaub ich."

„Nur eins, ja."

„Und das wollte der Russe unbedingt haben? Das Skelett, meine ich..."

„Unbedingt."

„Hat er viel dafür bezahlt?"

Der Junge kramt in seinen Erinnerungen, holt eine Zahl hervor. Für einen Aufzugmechaniker durchaus erschwinglich, aber trotzdem nicht geschenkt. Fazit: Kostenko wollte dieses Skelett haben. Ein wandlungsfähiges Skelett. Fregoli von den Katakomben. Mal mit zwei Beinen, mal mit einem... Noch ein Geheimnis.

„Ist das ein gängiger Artikel?"

„Artikel? Sie meinen Skelette?"

„Ja. Wird so was hier oft versteigert?"

„Nein. Das war das erste."

„Woher stammte es?"

„Keine Ahnung."

„Könnten Sie's rauskriegen?"

„Klar."

„Gut, dann komm ich wieder vorbei."

„Wann Sie wollen."

Ich gebe ihm die Hand.

„Auf Wiedersehn. Und vielen Dank."

„Wiedersehn, Monsieur."

Am Ausgang hängen Anschläge. Mir springt ein Wort in die

Augen: Diamanten. Sollten die Klunker so was wie 'ne Nationalität besitzen, müßte das hier vermerkt sein. Fehlanzeige. Aber es gibt auch noch andere Anschläge, zum Beispiel: *Versteigerung der Sammlung von Monsieur Honoré Lefort am 7. März ... u. a. auch einige Diamanten russischer Herkunft, insbesondere ...* Ich lese nicht mehr weiter, gehe wieder zurück zu meinem Informanten.

„Bin schon wieder da. Sie wissen doch so gut Bescheid ... kennen Sie sich auch mit Diamanten aus?"

„Nein. Aber ich kenn jemanden, der sich auskennt. Monsieur Denis. Werd mal nachsehen, ob er da ist. Warten Sie?"

Ich warte. Kurz darauf kommt er zurück. Monsieur Denis ist da. Wir gehen zu ihm. Ein Mann von knapp dreißig Jahren, liebenswürdig, spöttischer Blick. Nach den üblichen Floskeln komme ich zur Sache:

„Hab grade gelesen, daß vor kurzem die Diamantensammlung eines gewissen Lefort verkauft wurde. Russische Diamanten, steht da. Woran erkennt man, ob so'n Steinchen russisch ist oder nicht?"

Monsieur Denis lächelt.

„Oh! Im Fall Lefort war das nicht schwierig. Zwei davon sind seit 1925 in Fachbüchern beschrieben."

„Beschrieben? Waren die gestohlen?"

„Ja und nein. Hängt von der politischen Richtung ab. Um 1925 haben die Bolschewiken die Kronjuwelen des Zaren ‚gewaschen'. Das hat gewissen politischen Kreisen in der übrigen Welt nicht gepaßt. Um den Roten einen Strich durch die Rechnung zu machen, haben Fachzeitschriften Fotos und detaillierte Beschreibungen der Juwelen der Zarenfamilie veröffentlicht. Einige Stücke wurden verändert, und es begann ein lebhafter Handel auf den Weltmärkten. Natürlich auch in Paris. Monsieur Lefort gehörte zu den besessenen Sammlern. Scheute vor nichts zurück, um an das goldene Kalb zu kommen, das Stück mit Seltenheitswert, das einzige Original auf der Welt. Auch wenn er sich nur heimlich dran freuen konnte. Wie er's geschafft hat, weiß ich nicht, jedenfalls hat er's damals geschafft, sich zwei völlig intakte Stücke an Land zu ziehen. Und die haben wir neulich versteigert."

„Neulich, also am 7. März?"

„Ja, am 7. März."

„Am selben Tag, als in einem anderen Saal das einbeinige Skelett einer Frau ersteigert wurde."

„Ja", bestätigt Monsieur Denis lachend. „Wir haben das den Tag der Russen getauft. Sie wissen doch bestimmt, daß ein Russe das Skelett gekauft hat, nicht wahr?"

„Hoffentlich war das nicht das Skelett der Zarin. Dann wär der Witz komplett."

Er hört auf zu lachen.

„Ein etwas makabrer Scherz", sagt er gezwungen.

„Und respektlos. Entschuldigung. Übrigens, kennen Sie einen Diamantenhändler namens Rosenthal?"

„Viereinhalb, um genau zu sein." Jetzt kommt sein Humor wieder durch. „Vier, die Rosenthal heißen, und einer, der nur Rosen heißt."

„Das ist genau der, den ich meine. Rue Papillon, stimmt's?"

„Ja."

„Würden Sie ihn als Experten bezeichnen?"

„Unbedingt. Und dann gibt es die Fachbücher und Zeitschriften. Das hilft. Aber davon abgesehen, ist Rosen ein wirklicher Experte. Könnte an anderer Stelle stehen, als er's tut. Wenn er nicht einen Schuß krimineller Energie hätte."

„Hat er die?"

„Etwas. Wissen Sie, Verbrechen zahlen sich nicht aus..."

Von wegen!

* * *

Von der Rue Drouot zur Rue Papillon ist es nur ein Katzensprung. Und schon stehe ich wieder vor Abraham Rosens schäbiger Höhle. Aber Monsieur Rosen ist nicht zu Hause. Stellt er sich grade der Polizei? Oder überfällt er wieder einen Kollegen? Oder bringt er sich am Ende noch selbst um? Erst bin ich etwas enttäuscht, dann finde ich mich damit ab. Hab eigentlich fast alle Antworten auf die Fragen, die ich dem alten Gauner stellen wollte.

Immerhin gibt es noch 'n paar dunkle Punkte. Ich muß nachdenken. Am besten laut. Und zusammen mit einem Gegenüber, der mir die Antworten liefert. Hélène wäre die ideale Besetzung für diese Rolle. Hat sie schon oft bewiesen. Überhaupt hab ich sie heute etwas vernachlässigt. Aus einem Bistro ruf ich in meinem Büro an. Ja, ich vernachlässige meine Sekretärin. Zu sehr. So sehr, daß sie mir böse ist. Das Telefon klingelt in der verlassenen Agentur. Schade, dann muß ich eben alleine nachdenken. Still vor mich hin. Dafür brauche ich nicht ins Büro zu gehen. Ich bleibe also, wo ich bin: im Bistro. Setze mich still in eine Ecke, zünde mir eine Pfeife an und bestelle zwei Getränke, damit ich nicht so ganz alleine bin. An die Arbeit, du geplagter Kopf!

Um acht Uhr steht mein Theoriegebäude. Mußte so einiges hinzudichten, um die restlichen Löcher zu stopfen. Aber es geht gut zusammen. Eine kleine Rückfrage noch, dann paßt es. Eine ziemlich wichtige Rückfrage allerdings. Ich rufe Marc Covet beim *Crépuscule* an.

„Hallo? Hier Nestor Burma."

„Herrgott nochmal! Wo laufen Sie denn rum? Versuch schon 'ne Ewigkeit, Sie zu erreichen."

„So treffen sich die großen Geister. Was Neues?"

„Ja. Eine Agenturmeldung. Und dann das Foto vom Skelett."

„Genau deswegen rufe ich an. Können Sie mir einen etwas besseren Abzug besorgen?"

„Schon fertig. War wohl Gedankenübertragung, hm? Übrigens war das heute morgen gar kein Quatsch, was ich dahergeredet hab. Ist also doch Goropoffs Skelett, was?"

„Ja und nein. Bis gleich."

* * *

Marc Covet empfängt mich mit einem Begeisterungsausbruch:

„Himmel, Arsch und Zwirn, Burma! Der Fleck, hm? Hätte uns gleich auffallen müssen."

„Immer mit der Ruhe. Ich hab Ihnen doch gesagt, das ist nicht das Skelett des Generals."

„Wessen dann? Ist mir auch scheißegal. Das wird 'n prima Artikel."

„Warten Sie 'n Moment. Dann wird er noch besser. Was ist mit der Agenturmeldung?"

„Hier, lesen Sie."

Ich lese:

Le Creusot – Cyrille Lopukjin, ehemaliger Oberst der Zaristischen Armee und jetziger Nachtwächter der Creusot-Werke, erschien heute morgen im Polizeikommissariat der Stadt und gab an, daß er von Iwan Kostenko, der früher unter ihm und General Goropoff gedient hat, einen Brief bekommen habe. Kostenko habe ihn darin um eine Unterredung gebeten, weil er wichtige Informationen zum Verschwinden des Generals im Jahre 1939 besitze. Oberst Lopukjin erklärte, er sehe es als seine Pflicht gegenüber einem Land an, das ihm seit über dreißig Jahren Asyl gewähre, der hiesigen Polizei von diesem Brief Mitteilung zu machen. Er selbst messe ihm keinerlei Bedeutung bei, da Kostenko, den er gut kenne, durch das Verschwinden seines ehemaligen Vorgesetzten einen Schock davongetragen und immer behauptet habe, wichtige Enthüllungen über diesen traurigen Fall machen zu können. Wörtlich sagte der Oberst: „Kostenko war wie ein treuer Hund, was seinen Geist verwirrt hat. Sein Selbstmord überrascht mich nicht, obwohl mir der Brief nicht mit seinem tragischen Ende in Verbindung zu stehen scheint."

„Alle Zeitungen haben diese Meldung bekommen", sagt Covet. „Und überall wandert sie in den Papierkorb – außer hier beim *Crépu*. Sie bestätigt nur, was wir bereits alle geahnt haben. Kostenko war seit dem Verschwinden seines Chefs geistesgestört. So sehr, daß er sich selbst umgebracht hat. Der alte Knacker behauptet das auch. Der verkalkte Trottel! Kostenko war aber nicht bekloppt. Hatte tatsächlich was rausgekriegt. Das meinen Sie doch auch, Burma, oder?"

„Das meine ich auch, ja. Haben Sie das Foto?"

Covet blättert eine ganze Serie vor mir auf den Tisch. Ich sehe mir die makabren Bilder an.

„Ja", entscheide ich. „Das ist es wohl. Genau. Der hüftenschwingende Held, das Hinkebein! Hatte eine Kugel ins Bein gekriegt. Heute morgen hab ich den Fleck für 'n Fehler auf dem Abzug gehalten. Ist aber unzweifelhaft eine Silberplatte, die in der Chirurgie verwendet wird. Der Oberschenkelknochen des Generals."

„Nur der Oberschenkel? Und der Rest?"

„Der Knochen einer unbekannten Schönen, vielleicht so schön wie Hélène. Die von Troja oder die andere. So schön wie die Lollobrigida und die Bardot zusammen. Kostenko hat das Skelett ersteigert. Bißchen plem-plem das Ganze, bescheuert. Vergessen wir nicht, daß Kostenko trotzdem etwas verrückt war! Wollte die Vergangenheit heraufbeschwören, sah sich wieder als jungen Medizinstudenten mit glänzender Zukunft ... als Aufzugmechaniker."

„Aber, verdammt noch mal! Der Knochen! Goropoffs Oberschenkel?"

„Irgendwo hervorgezaubert und am Skelett befestigt. Das mit dem Skelett war wohl 'ne Art Schicksalskauf. Von da an hatte Kostenko nichts als Ärger am Hals ... bis er ihn sich gebrochen hat."

„Hm ... irgendwo hervorgezaubert?"

„Ja."

„Wo, Burma? Wo? Verdammt, Sie wissen viel mehr, als sie zugeben, stimmt's?"

„Viel mehr", seufze ich. „Sie sehen, es macht mich nicht glücklich. Wissen ist Macht, sagt man. Aber ich weiß nicht, was ich machen soll. Geht mich eigentlich gar nichts an, der ganze Scheiß. Und Lieferant für den Henker... ist nicht meine Welt. Nein, alter Freund, ich sag nicht, was ich weiß. Wir wollen nicht Schicksal spielen. *Nitschewo*. Mit Lopukjins Brief und Goropoffs Schenkel können Sie doch schon 'ne Menge anfangen, oder?"

„Klar."

„Ich mache nicht mehr mit. Schreiben Sie Ihren Artikel, oder schreiben Sie ihn nicht. Mir soll's egal sein."

„Ich schreibe ihn."

„*Nitschewo*."

Kaum habe ich sein Büro verlassen, als das Telefon klingelt. Covet ruft mich zurück.

„Hélène ist dran. Hatte schon eben angerufen. Bei dem ganzen Theater hab ich's vergessen."

Ich nehme den Hörer.

„Hallo?"

„Endlich", ruft Hélène. „Ich bin im Büro. Kommen Sie? Ich... na ja, werd Ihnen gleich alles erzählen. Ich weiß nicht, was ich tun soll."

„Da sind Sie nicht die einzige. Bis gleich."

* * *

„Sonia Perowskaia ist dabei, eine Riesendummheit zu machen", sagt Hélène.

„Eine mehr oder weniger", antworte ich achselzuckend.

„Seien Sie nicht so herzlos. Ich weiß nicht, ob es Mitleid ist oder so... Na ja, sie ist mir sympathisch."

„Und welche Dummheit will sie machen?"

„Sie ist drauf und dran, Natascha den Diamantendiebstahl zu beichten. Das macht mich wütend. Jetzt hat diese Frau – mit Ihrer Hilfe – nichts mehr von dem Erpresser zu befürchten, und da muß sie sich unbedingt auf andere Weise quälen. Kaum zu glauben."

„Wohl 'n slawischer Tick. Lust am Unglück. Wie haben Sie von diesem Blödsinn erfahren?"

„Sie hat mich angerufen. Ich kam gerade ins Büro."

„Waren Sie bei Ihrem Geliebten?"

„Hören Sie auf! Mir ist nicht nach Scherzen zumute."

„Mir auch nicht. Weiter."

„Sie wollte meinen Rat. Anscheinend hat Natascha bemerkt, daß ihr ein Diamant fehlt. Sie beschuldigt Olga, die alte Köchin. Deshalb will Sonia ihr alles erzählen. Auch wenn sie mich wieder für ein Miststück hält, ich habe ihr geraten, das bleiben zu lassen. Nur ... sie ist mehr oder weniger wild entschlossen. Dieses dumme Weib! Ruft mich an und bittet mich um Rat und will sich von ihrem Entschluß nicht abbringen lassen."

„Schicksal."

„Sie hat abrupt aufgelegt. Ich war ganz benommen. Dann hab ich nachgedacht und bin zum Boulevard Haussmann gegangen. Die Angestellte ließ gerade das Gitter runter. Natascha und Sonia waren schon nach Sceaux gefahren."

Ich stehe auf.

„Na, dann wollen wir mal hinterherfahren."

„Nach Sceaux?"

„Ja."

„Aber wie wollen wir erklären ..."

„Das wird sich finden. Jetzt hat das Schicksal das Sagen."

* * *

Als ich am Boulevard Jean-Bouret vor der Nummer 21 halte, habe ich sämtliche Geschwindigkeitsrekorde gebrochen. Die Nacht bricht herein. In den herrlichen Bäumen hinterm Haus geben die Vögel ihren letzten Triller von sich, bevor sie sich ins Nest legen. Ich ziehe an der Glocke und stoße gleichzeitig das Törchen auf. Wir gehen über den Kiesweg aufs Haus zu. Eine dunkle Gestalt erscheint auf der Außentreppe.

„Natascha", informiert mich Hélène.

Unser Besuch scheint die Hausherrin nicht übermäßig zu begeistern.

„Guten Abend, Madame“, sagt Hélène. „Darf ich Ihnen einen meiner Freunde...“

„Guten Abend“, unterbricht die Russin schroff.

Sie sieht mich an.

„Wenn Sie bitte...“

Jetzt bin ich mit Unterbrechen dran.

„Ich muß Sonia Perowskaia sprechen“, sage ich.

„Sonia...“

„Perowskaia. Ja.“

Ich schiebe Madame zur Seite und betrete den Flur. Wütend folgt sie mir.

„Wo ist sie?“ frage ich.

„Aber... in ihrem Zimmer... nehme ich an.“

„Ich muß mit ihr reden.“

Natascha mustert mich von oben herab. Ihre herrischen Züge verschärfen sich noch. Dreist und verächtlich, mit zusammengekniffenen Lippen. Ich schweige sie an. Und in diese feindliche, gespannte Stille hinein, die nur von dem entfernten Gezwitscher der Vögel gestört wird, fällt ein Schuß.

* * *

Sonia Perowskaia liegt mitten in ihrem Zimmer. An der Wand hängt eine Ikone. Sie hat ganze Arbeit geleistet. In ihrer Hand hält sie immer noch den Revolver, mit dem sie sich das Hirn verbrannt hat. Einen großkalibrigen Militärrevolver. Auf dem Tisch liegt ein Brief.

Niemand ist für meinen Tod verantwortlich. Im vollen Bewußtsein meiner Niedrigkeit scheide ich aus dem Leben, das mir immer eine Last war. Ich habe das Vertrauen meiner Wohltäterin mißbraucht, habe meine Ehre verloren. Gott sei meiner armen Seele gnädig.

Neben dem Brief liegen zwei rosafarbene Karten: Taverne du Brûlot... *fascinating girls*...

„Wußten Sie, daß...“ frage ich Natascha.

„Nein. Das wußte ich nicht", sagt sie und klimpert heftig mit den Wimpern. „Aber sie war hysterisch. Wir hatten eine Diskussion... einen Streit..."

„Worüber?"

„Ich müßte Ihnen nicht antworten. Erstens kenne ich Sie nicht, und zweitens geht es Sie nichts an. Aber die arme Sonia hat es selbst in diesem Brief gestanden... Sie hat mich bestohlen. Und unabhängig davon hat sie vor langer Zeit einen Beruf ausgeübt, der... einen schändlichen, unehrenhaften Beruf. Als sie mir den Diebstahl gestanden hat, hab ich mich nicht gerade darüber gefreut. Das ist doch wohl verständlich. Ich bin nicht eben sehr zart mit ihr umgegangen. Aber ich konnte doch nicht wissen..."

Sie nimmt ein Taschentuch und betupft sich die Augen. Wird wohl tatsächlich anfangen zu heulen. Möglich ist alles.

„Sie hätten sie davon abhalten können", sage ich tonlos.

„Abhalten? Aber wie denn? Konnte ich ahnen..."

Sie hebt resigniert die Schultern und nähert sich dem Brief. Mechanisch spielt sie mit den rosa Karten. Dann sieht sie mich an.

„Was... was sollen wir... sollen wir das hier liegenlassen?"

Ich nehm ihr die Karten aus der Hand und stecke sie ein:

„Die werf ich weg. Hélène alarmiert die Flics. Werden gleich hier aufkreuzen. Die müssen nicht alles wissen. Sonia Perowskaia hat sich umgebracht, weil sie keinen anderen Ausweg mehr sah. Sie hat Sie übel belogen, betrogen und bestohlen. Und außerdem den Boden unter den Füßen verloren. Na ja, die slawische Seele. Muß nicht jeder wissen, daß sie auf den Strich gegangen ist. Niemand hat ein Recht, das zu wissen. Verstanden?"

„Wie Sie meinen. Ich... Wie tragisch!"

„Um so tragischer, weil Sie sie davon abhalten konnten."

„Ich versichere Ihnen..."

„Sie hätten es *müssen*", brülle ich sie an. „Ja, verdammt nochmal! Sie hätten Sonia davon abhalten *müssen*!"

Ich weiß nicht, ob sie das kapiert.

15

Glattrasiert, Zähne geputzt, Pfeife im Mund (um den Zahnpastageschmack zu vertreiben), begebe ich mich am nächsten Morgen gegen elf zusammen mit Hélène in Nataschas Geschäft, Wäsche, Büsten- und Strumpfhalter aller Art. Als wir bei Richelieu-Drouot über die Straße gehen, überkommt Hélène ein kleiner Schwächeanfall. Aber sehr schnell hat sie sich wieder unter Kontrolle und sieht mich mit ihren schönen Augen an. Ich lächle ihr aufmunternd zu. Wie ein jungvermähltes Paar stehen wir kurz darauf vor Natascha. Das Gesicht der Russin ist wie immer hart, herrisch, aber abgespannt. Hat wohl keine geruhsame Nacht hinter sich.

„Ich möchte gerne mit Ihnen unter vier Augen sprechen", beginne ich. „Geht das?"

„Natürlich", sagt sie, allerdings etwas überrascht.

Wir gehen nach oben, wo wir vor neugierigen Blicken und Ohren geschützt sind.

„Was mich zu Ihnen führt", sage ich, nachdem wir in weichen Sesseln Platz genommen haben, „ist folgendes... Gestern abend wollte ich nicht davon anfangen. Aus mehreren Gründen. Erstens waren Sie ziemlich durcheinander. Zweitens hatten wir ständig einen Flic im Rücken. Und drittens fällt mir auf dem Land nichts Schlaues ein. Das geht nur in Paris. Ach ja, viertens war ich von den hohen Bäumen hinter Ihrem Haus wie erschlagen. Vielleicht weil ich später mal aufgehängt werde. Wer weiß? Kurz und gut, ich wollte lieber bis heute warten."

Die Witwe von Oberst Spiridowitsch rutscht auf ihrem Sessel unruhig hin und her, sieht auf die Uhr, sagt aber nichts. Ich fahre fort:

„Ich möchte Sie um ein kleines Geschenk für meine reizende Begleiterin bitten. Sie ist hinter Diamanten her wie der Teufel hinter der armen Seele. Leider hab ich nicht das Geld dazu, ihre Wünsche zu befriedigen. Und da dachte ich, Sie würden mir den kleinen Gefallen nicht abschlagen ...“

Natascha fährt hoch:

„Wie bitte?“

„Sie haben mich richtig verstanden. Ich brauch es nicht zu wiederholen.“

„Und welchen Grund haben Sie für diese ... Bitte?“

„Keinen.“

„Ehrlich sind Sie ja ...“

„Da irren Sie sich. Macht aber nichts.“

„Vielleicht bitten Sie mich auch noch darum, dem jungen Mädchen die schönsten Modelle aus meiner Luxuskollektion zu geben? Weil das gut zu Diamanten paßt.“

„Nein, Madame. Dessous kauft sich Hélène von ihren eigenen Sous. Wir wollen uns hier doch nicht selbst bedienen wie in einem Selbstbedienungsladen. Schließlich wurden die Spitzenhöschen nicht geklaut. Mit ihren Diamanten sieht das allerdings anders aus.“

„Wie bitte?“

„Tja, Madame. Die Diamanten, Ihre Diamanten, sind geklaut. Also kann's Ihnen nicht wehtun, wenn Sie mir einen oder zwei davon abgeben.“

„Ich ... Monsieur! ... Also wirklich ...“

Sie versucht ein Lächeln. Es mißlingt.

„Das soll wohl ein Scherz sein ... Ich ... Ich verstehe nicht ...“

„Dann werd ich's Ihnen erklären. Nicht alle Schätze der russischen Krone sind den Sowjets in die Hände gefallen. Ein Teil konnte von Männern gerettet werden, die in die Emigration gingen. Nur wenige wußten darüber Bescheid, nur die führenden Köpfe, und nicht mal alle. Die Kronjuwelen waren gleichzeitig Reliquien und Kriegsschatz für eventuelle Militäraktionen. General Goropoff – um nur von ihm zu sprechen

– hat nie damit hinterm Berg gehalten, sein Vaterland zurückerobern zu wollen. Nun kosten solche Operationen einiges ... und es ist demütigend, um fremdes Geld zu betteln. Auch wenn's für einen edlen und heiligen Zweck ist. Der Schatz der Romanoffs konnte sich eines Tages als sehr nützlich erweisen, als Reserve sozusagen. Der Hüter des edlen Schatzes war einer der Anführer der Emigration: Oberst Spiridowitsch, Ihr verstorbener Gatte, Madame. Richtig?"

„Fahren Sie fort", sagt sie nur.

„Die Jahre vergehen, und der Heilige Krieg findet nicht statt. Nach und nach sterben die Offiziere, die über den geheimen Schatz im Bilde sind, und ..."

„Genug", faucht die Russin. „Wollen Sie damit andeuten, daß mein Mann ..."

„Nein, Madame. Ich will gar nichts andeuten. Männer wie er waren schon recht alt, als Lenin und Trotzki die Macht übernahmen. Das Exil war hart für sie. Sie starben eines natürlichen Todes. Aber trotzdem waren sie Zeugen, die von der Bildfläche verschwanden und keinen Einspruch mehr erheben würden, wenn ..."

„Wenn?"

„Wenn Oberst Spiridowitsch eines Tages der Versuchung nachgeben und sich den ihm anvertrauten Schatz aneignen würde, den Schatz seines Zaren. Und dieser Tag kam. Der Diamant nämlich, den Sonia Ihnen geklaut hat, um ihren Erpresser zu bezahlen, dieser Diamant ist identifiziert worden ... er gehört zum Schatz des Zaren."

„Haben Sie Beweise?"

„Oh, Madame! Die werden Sie mir nötigenfalls selbst liefern. Denn ich nehme doch an, daß Sie eine Expertise Ihrer Steine anfertigen lassen, wenn ich meine Anschuldigungen öffentlich erheben werde, oder? Also, reden wir nicht mehr von Beweisen. Nehmen Sie meine Behauptungen für bare Münze."

„Und ... von wem ist der Diamant identifiziert worden?"

„Von einem Juden aus der Rue Papillon. Ich werd mal nicht

so sein und Ihnen die ganze Geschichte erzählen. Sonia stiehlt Ihnen also einen Diamanten und gibt ihn ihrem Chinamann. Der trägt ihn zu einem Monsieur Goldy, um den Wert feststellen zu lassen. Goldy ist ein dicker Freund von Rosen, dem Juden aus der Rue Papillon. Die beiden sehen sich das gute Stück an und identifizieren es. Nicht am Schnitt oder Schliff oder an sonstwas, sondern weil er in Fachbüchern beschrieben ist. Als die Roten nämlich angefangen haben, die Kronjuwelen zu ‚waschen', wurden sie in Fachbüchern abgebildet und beschrieben. Die Juwelen natürlich. Alle, auch die, die den Sowjets durch die Lappen gegangen sind. Die Roten veränderten ihre Beutestücke. Die anderen blieben unverändert. Weiter. Der Chinese bekommt das teure Stück wieder. Goldy und Rosen denken nach. Jeder für sich. Goldy versucht rauszukriegen, von wem der Chinese den Stein hat. Will er den rechtmäßigen Besitzer erpressen? Möglich. So was ist anstekkend. Oder will er sich nur zwischen die Besitzer und die Sammler solcher Kostbarkeiten schieben, um ein paar Francs rauszuschlagen? Aber wie kommt er darauf, daß der Diamant einem Russen gehört? Vielleicht hat er Wind davon bekommen, daß russische Emigranten einen Teil des Zarenschatzes besitzen. Das Spiel geht für ihn böse aus. Freund Rosen nämlich, der nicht weiß, daß der Chinese den Stein zurück hat, ja, von dessen Existenz er möglicherweise gar nichts weiß, Rosen also besucht Goldy. Die dicken Freunde prügeln sich, der Kampf endet mit K.o. durch Herzversagen. Aber das ist eine andere Geschichte, mit der Sie nichts zu tun haben. Kommen wir jetzt wieder auf Sie zurück. Sie wollen das alles doch hoffentlich nicht abstreiten?"

Sie schweigt. Fühlt sich zwar nicht wohl in ihrer Haut, fällt aber auch nicht vom Sessel.

„Sie haben", fahre ich fort, „die Sache der Weißen Emigration verraten. Sie haben Wertgegenstände für sich behalten, die ihr gehört. Was würden wohl Ihre Landsleute sagen – alle sind ja noch nicht tot! –, wenn ich denen das erzähle?"

Langsam begreift sie.

„Und damit Sie das nicht tun, soll ich Ihnen ein Geschenk für Ihre kleine Freundin geben?"

„Ganz genau."

„Also eine Erpressung?"

„Hab Ihnen doch gesagt: so was ist verdammt ansteckend. Ich bin todkrank."

Sie stößt einen tiefen Seufzer aus.

„Mademoiselle soll sich selbst einen Diamanten aussuchen. Aber ich möchte, daß Sie mich verstehen, Monsieur. O nein, ich will nicht auf ‚Nichtschuldig' plädieren! Wir haben Schuld auf uns geladen. Und jetzt bin ich die einzige, die diese Schuld trägt. Aber Sie müssen versuchen zu verstehen. So lange mein Mann an eine mögliche Militäraktion gegen die Roten glaubte, hat er sich der Sache verschrieben. Wir waren arm, aber wir kämpften, weil wir glaubten..."

Sie knetet ihre Hände. Ihr Gesicht verzerrt sich.

„... leidenschaftlich glaubten. Und dann plötzlich geschah das große Unglück. General Goropoff, das Haupt der Verschwörung, ohne den nichts möglich war, General Goropoff verschwand, wahrscheinlich von der GPU verschleppt, die früher *Tscheka* hieß. Stellen Sie sich den Abgrund vor, Monsieur! Diese edle, mächtige Erscheinung... General Goropoff... verschwunden. Alle Hoffnungen zerschmolzen zu nichts. Es hatte keinen Zweck mehr, den Einmarsch, den Heiligen Krieg zu predigen! Er würde nie stattfinden. Nie! Endgültig senkte sich die Nacht über Rußland... Da wurden wir schwach, Spiridowitsch und ich... haben unsere Brüder verraten... unser Führer war nicht mehr da... wir waren die einzigen, die das Geheimnis teilten... wir sind der Versuchung erlegen..."

Ich hole mein Taschentuch raus, halte es mir unter die Nase und fuchtele mit meiner linken Hand in Richtung Kronzeugin.

„Oh, bitte!" rufe ich. „Schweigen Sie! Mir kommen die Tränen!"

Sie sieht mich an, wütend und beunruhigt zugleich. Sehr

beunruhigt. Trotzdem besitzt sie noch die Frechheit, im Stile des 17. Jahrhunderts (russisch oder französisch, ich weiß es nicht) zu deklamieren:

„Was sagen Sie da, Monsieur? Treiben Sie Ihren Spott mit mir?“

„Aber kein Gedanke, Madame!“ entgegne ich. „Meine Gedanken, indes, gelten General Goropoff. Wenn ich an den denke, muß ich nämlich sofort heulen. Diese edle Erscheinung, das Haupt der Verschwörung. Nicht wahr, Madame? Von der Emigration über die Konspiration zur Intervention. Das Haupt, ohne das nichts möglich war. Das Haupt! Stimmt doch, Madame, oder? Haben Sie jedenfalls gesagt. Könnten Sie's noch mal wiederholen?“

„Ich verstehe nicht...“

„War er der Chef, ja oder nein?“

„Ja.“

„Nun, Madame, verdammt noch mal! Dann hatte er auch den Schatz des Zaren, wenn er der Chef war! Und nicht Oberst Spiridowitsch. Der kriegte ihn erst später, nahm ihn dem General ganz einfach weg. Goropoff hatte das Zeug in seiner Tasche, als er zu dem geheimen Treffen ging, von dem er nie mehr zurückkam.“

Natascha springt auf.

„Schurke!“ schreit sie.

Ich stehe ebenfalls auf und schubse sie zurück auf ihren Sessel. Jetzt stehe ich vor ihr.

„Schnauze! Sie wohnten schon 1939 in Sceaux. Vielleicht gehört Ihnen heute das Haus, aber damals hatten Sie's gemietet. Der Garten jedenfalls ist derselbe geblieben. Sie haben den General nach Sceaux gelockt und ihn umgebracht. Dann haben Sie ihn ausgeplündert und gleich dort vergraben. Als Hélène neulich nach der Modenschau gesagt hat, hier liege ein berühmter Mann begraben, haben Sie sofort an Ihren Privatfriedhof gedacht. Wären vor Aufregung fast in den Graben gefahren. Bestimmt haben Sie sich gefragt: ‚Was soll das? Was will die neugierige Ziege?‘ Aber Hélène dachte an nichts

Böses, wollte nur mit ihrem Wissen über Paris glänzen. Als sie den Namen Valentin le Désossé erwähnte, waren Sie beruhigt. Sonst hätten Sie bestimmt was gegen sie unternommen, wie gegen so manch anderen…"

„Lüge", faucht sie. „Sie denken sich das nur aus, um… um…"

Sie verstummt, dann flehend:

„Lassen Sie mich, bitte… ich gebe Ihnen alle Diamanten, alles, was ich noch habe, aber lassen Sie mich in Ruhe…"

„Nein, das werd ich nicht tun."

Ich beuge mich zu ihr hinunter. Sie schwitzt. Schweiß tropft ihr vom Gesicht, verschmiert das Make-up. In den letzten zehn Minuten ist sie zehn Jahre älter geworden. Der Angstschweiß steht ihr auf der Stirn. Ich kann ihn riechen.

„Sie werden sich anhören, was ich Ihnen zu sagen habe, und zwar alles, bis ich fertig bin. Und dabei… Wenn Sie wüßten, wie scheißegal mir alle sind! Goropoff, Kostenko, Romanoff und der ganze Kraminoff! Wenn Sie wüßten, Natascha Spiridowa… Na ja… Und so hat alles angefangen. Jetzt spreche ich vom Anfang Ihres Endes. Kostenko kauft sich im Auktionshaus in der Rue Drouot ein Skelett mit einem Bein. Erinnert ihn an seine Studentenzeit. Da sieht er, daß ganz bestimmte Edelsteine versteigert werden, die eigentlich hier nichts zu suchen haben. Er weiß nämlich, was Goropoff in der berühmten Tasche mit sich rumschleppte. Und da werden die Steine eines toten Sammlers versteigert. Und jetzt kommt's: um dieses Alibi-Geschäft hier zu gründen, um zu leben usw. haben Sie einen Teil der Kostbarkeiten verbimmelt. Die haben Sie ja nicht geklaut, um sie heimlich zu bewundern. Vorzugsweise haben Sie sich an diese Verrückten gewendet, denen egal ist, woher die Sachen kommen. Hauptsache, es sind Raritäten. Außerdem zahlen die ordentlich und binden nicht jedem auf die Nase, was Sie da aufgetrieben haben. Zu blöd nur, daß der alte Lefort stirbt, einer von Ihren Abnehmern. Niemand wußte, daß er einen oder mehrere Kronjuwelen hatte. Doch dann segnet er das Zeitliche. Die Erben verscheuern die Klunker. Wie Kostenko auf Sie gekommen ist, weiß ich nicht. Schlimmer noch: er reimt sich zusammen, daß Goropoff möglicherweise in Ihrem Park begraben liegt. Er geht zu Ihnen, heult Ihnen was vor. Reine Verstellung. Er hat sich extra freigenommen, um bei Ihnen nach Herzenslust rumschnüffeln zu können. Sie stellen ihn nichtsahnend ein, weil Sie nicht wissen, daß er als Subalterner in Goropoffs Geheimnis eingeweiht war. Kurz und gut, Kostenko schnüffelt und schnüffelt, und sieh da, in einer stürmischen Nacht findet er, was er suchte: das Grab des Generals. Sofort verläßt er Ihr gastliches Haus und nimmt den typischen Schenkelknochen mit. Ein Befehl ist ausgeführt, ein weiterer muß noch ausgeführt werden. Außerdem ist sein Urlaub um, er muß zurück in die Galeries. Anstatt mit seinem Fund zu den Flics zu gehen, bittet er seinen ehemaligen Vorgesetzten um eine Unterredung, Oberst Lopukjin. Ein alter Trottel, der wohl immer schon einer war und nie ins Vertrauen gezogen wurde. Kostenko wartet. Hat den Knochen des ‚hüftenschwingenden Helden' an sein ersteigertes Skelett montiert. Aber inzwischen haben Sie was bemerkt. Entweder den Diamantendiebstahl oder verdächtige Spuren im Garten. Ihr Verdacht fällt automatisch auf Kostenko. Als Sie erkennen, daß er wirklich zuviel über Sie weiß, schmeißen Sie ihn in den Aufzugschacht. Würde mich nicht wundern, wenn Sie genau an dem Tag beruflich dort zu tun hatten. Könnte man leicht nachprüfen."

Ich warte auf eine Reaktion. Sie reagiert nicht. Also fahre ich fort:

„Ich glaube nicht, daß Sie früher schon mal in Kostenkos Wohnung waren. Aber in der Nacht, als ich selbst in der Rue Joubert war, waren Sie auch da und haben Goropoffs Schenkelknochen wieder abmontiert. Aber dieser Knochen hatte einen Haken. Die Flics hatten die Silberplatte bisher zwar noch nicht bemerkt. Bis jetzt hatten die nur über das Skelett gelacht. Vielleicht würde die Platte ihnen aber irgendwann mal auffallen. Gut. Die Selbstmordthese wurde dankbar angenommen. Sonderbar genug war Kostenko gewesen. Der verschwundene Knochen würde vielleicht die Frage aufwerfen, wohin und warum er verschwunden war; aber gefährlicher wär's, wenn er identifiziert würde. Jedenfalls fand sich kein Diamant bei dem armen Kerl, und so führte auch keine Spur zu Ihnen. Gut. Sehr gut. Ausgezeichnet. Sie können aufatmen. Aber Sie bedrückt die Frage: ‚Wer hat den Diamanten gestohlen, wenn Kostenko es offensichtlich nicht war?‘ In guter alter Tradition verdächtigen Sie Olga. Und jetzt hören Sie gut zu: Sonia war zwar eine Hure, vielleicht auch eine Diebin, aber sie wollte nicht, daß jemand anders für ihre Sünden büßen sollte. Sie will es Ihnen beichten, zögert, weiht Hélène ein. Sie hören zufällig das Gespräch mit... Ja, ich glaube, daß Sie in den Galeries waren, als Kostenko in den Schacht fiel. Aber nicht nur deshalb waren Sie da; vielleicht haben Sie auch nur eine günstige Gelegenheit wahrgenommen, um Iwan in den Tod zu stürzen. Sie waren tatsächlich beruflich in dem großen Kaufhaus. Und Sonia wußte das... und Sie wußten, daß Sonia es wußte... und Sonia würde eines Tages vielleicht den naheliegenden Zusammenhang herstellen. Also brüllen Sie sie an. Sie haben ja einen triftigen Grund: Sonia hat Sie bestohlen und betrogen. Sie reden und reden, treiben sie in die Enge... und das hätten Sie nicht tun dürfen. Wie ich Ihnen gestern gesagt habe: Sie hätten Sonia nicht in den Selbstmord treiben dürfen."

Natascha richtet sich in ihrem Sessel auf. Plötzlich sinkt sie wieder in sich zusammen, stößt einen jämmerlichen Schrei aus. Dann schluchzt sie unregelmäßig vor sich hin, vergräbt ihr Gesicht in der Armbeuge, windet sich wie eine Schlange, schluchzt auf Teufel komm raus.

„Lassen wir's genug sein", erbarmt sich Hélène, völlig aus der Fassung.

Sie beugt sich über die Russin, will sie trösten.

„Dreckige kleine Hure!" giftet Natascha.

Zum Totlachen. Bei den Russinnen hat Hélène einfach kein Glück. Sie wird von der einen genauso beschimpft wie von der andern. Während ich mich noch totlache, packe ich meine

Sekretärin von hinten, werfe sie auf den Boden. Schade um ihre hübschen Strümpfe. Wir rollen in eine Zimmerecke. Gleichzeitig spuckt das Schießeisen, das Natascha plötzlich in der Hand hat, blaue Bohnen an die Wand.

Bei meiner Todesspirale mit Hélène hab ich mir 'ne Beule geholt. Wie durch einen Nebel sehe ich Florimond Faroux und zwei seiner Männer ins Zimmer stürzen. Sie schnappen sich das schießwütige Weib und entwaffnen sie. Ich rappele mich hoch.

„Nun, Kommissar, wird das reichen?"

„So eben, ja", antwortet Faroux. „Wir haben alles mitgekriegt. Eine Privatvorstellung sozusagen. Nur ... sie muß erst mal so einiges von dem gestehen, was Sie, Burma, sich da so zusammengefaselt haben. Wenn ich recht gehört habe, war das reine Gedankenakrobatik."

„Immerhin können Sie sie mit zweierlei in Verlegenheit bringen: die Reste der Kronjuwelen Seiner Majestät und das Grab des bekannten Soldaten im Garten. Das sollte doch wohl reichen."

„Das wird reichen", sagt Faroux grinsend.

Ich gehe zu Natascha.

„Die russische Kaiserkrone", sage ich mit zitternder Stimme, „die Krone, Goropoff, Kostenko, Goldy, Rosen & Co., das war und ist mir alles scheißegal. Ich hatte nichts damit zu tun. Kein Klient, den ich verteidigen mußte, keinen, den ich deshalb verprügeln mußte ... Und ein Zulieferer fürs Zentralgefängnis oder für die Guillotine bin ich auch nicht. Sie hätten Ihre Verbrechen verdauen können. Vielleicht hätte ich das zugelassen ... in der Hoffnung, daß Ihnen das Ganze schwer im Magen liegen würde. Bestimmte Dinge jedoch hätten Sie nicht tun dürfen ... aber Sie haben sie getan ... Sie hätten Sonia nicht in den Selbstmord treiben dürfen! Von dem Augenblick an hatte ich mich nicht mehr in der Gewalt. Hatte das Kommando abgegeben."

Natascha sieht mich an. Ihre Augen verengen sich zu Schlitzen. Sie hebt die Schultern und sagt:

„Nitschewo."
Mich überrascht, wie sanft ihre Stimme klingt.

Paris 1957

Nachgang

Nie habe ich es geschafft, bei Drouot etwas zu ersteigern. Ich war versucht, es zu versuchen, aber es ergab sich eben nicht. Ein Skelett oder gar das Geschmeide der Zarenfamilie hätten mich gewiß nicht das Scheckheft zücken lassen, aus unterschiedlichen Gründen, aber die Auktionen bei Drouot standen immer auf meiner Termin-Wunschliste. Ich erinnere noch die sonderbarsten Angebote, die ich mir in meinem Kalender notiert hatte – allein, es kam nicht dazu.

Durch das Musée Grévin huschte ich an einem verregneten Herbstvormittag, als das dort beheimatete kleine Theater nach Renovierungsarbeiten wiedereröffnet wurde, vorbei an all den Glaskästen, hinter denen die Großen der Vergangenheit und der Gegenwart wächsern beieinandersitzen oder sich gegenüberstehen. Es ist das Pariser Pendant zum Kabinett der Madame Tussaud in London. Ein flüchtiges Erlebnis, ein Rendez-vous, das keine Liebelei aufkommen ließ.

Schier unmöglich schließlich die Hoffnung auf Karten für die Oper. Ein hastiges Emporeilen auf der prächtigen Freitreppe, im Schlepptau von Nurejew, dem begnadeten Tänzer, und Jack Lang, dem in Ungnade gefallenen Kulturminister, als wieder einmal ein Nebensaal, frisch restauriert, der Presse vorgestellt wurde. Ein Blick auf das legendäre Deckengemälde von Marc Chagall, der damals noch lebte und dem schließlich nur wenige Jahre zum hundertsten Geburtstag fehlten.

Streiflichter aus Abstechern ins zu Unrecht vernachlässigte 9. Arrondissement. Ein seltsames Quartier. Mitten in Paris, im Herzen der Stadt, aber der Puls schlägt nur am Rande. Es ist ein Viertel, das von Grenzlinien gezeichnet wird. Da ist der geschäftige Boulevard Haussmann im Süden, mit den Kaufhäusern der Galeries Lafayette und des Printemps, die den für ein verlängertes Wochenende angereisten Touristen stundenlang unter Preisgabe eines Großteils ihres Reisebudgets verschlingen, da ist, ganz entgegengesetzt, der im Verlauf der ver-

Das Restaurant Kazatchok – Treffpunkt der Exil-Russen in Paris

gangenen Jahre all seiner Verruchtheit entblößte und gähnende Langeweile ausstrahlende Boulevard de Clichy am längst abgeschmackten Pigalle, da läßt, wiederum im Süden, die Oper den Weg frei zum mondänen Zentrum der Stadt, während, wenige hundert Meter weiter, an der Gare St. Lazare, allabendlich zigtausende von Bahnkunden den Weg in die nahen Arbeiter-Vororte nehmen. Die Gare St. Lazare kennt nicht den Flair des vielleicht schönsten Bahnhofs von Paris, der Gare de Lyon, mit dem wunderschönen Belle-Epoque-Restaurant ‚Le Train Bleu' und der Eleganz der stündlich ankommenden und abfahrenden TGV-Schnellzüge, die Paris so schnell wie kein anderer Zug auf der Welt im annähernd 300 km/h-Rhythmus mit der Provinz verbinden. Die Gare St. Lazare ist ein guter alter ehrlicher Bahnhof, der zu seinen Klienten eher die Blaumänner zählt und das graue Proletariat der aus der Ebene des Pariser Beckens erwachsenen Vorstädte – Touristen finden sich dort nur selten ein. Der eigenartige Uhrenturm auf dem belebten Vorplatz bleibt von der täglich wiederkehrenden Kundschaft meist unbeachtet.

Wer diese betriebsamen Grenzlinien verläßt und in das Zentrum des 9. Arrondissements eintaucht, gerät unvermutet in eine zuweilen fast provinziell anmutende Idylle mäßig ansteigender Straßen und Gäßchen. Ein Vorfeld des unweit gelegenen Montmartre, ohne spektakuläre Glanzlichter, aber ausgestattet mit heimeligen Innenhöfen und einem von erbarmungsloser Stadtsanierung noch unberührten Gesamtbild, wie es im heutigen Paris selten anzutreffen ist.

Da ist zum Beispiel das Viertel zwischen der Kirche Notre Dame de Lorette und die Place St. Georges, das sogenannte „Nouvelle Athènes" (Neu-Athen). Dort entstanden vor allem zu Beginn des vergangenen Jahrhunderts, in der Zeit der Restauration, zahlreiche herrschaftliche Privathäuser im neoklassizistischen Stil, in denen Maler wie Delacroix, Musiker wie Berlioz oder Chopin und Schriftsteller wie Dumas oder George Sand vorübergehend wohnten. In der Rue St. Georges zum Beispiel hielt Madame Delphine Gay Hof. In einem

Der Uhrenturm vor der Gare St. Lazare

Blick auf die Kirche Notre Dame de Lorette und (im Hintergrund) Sacré-Coeur

Das Palais der Marquise de Paiva an der Place St. Georges

der damals so beliebten literarisch-politischen Salons empfing sie so illustre Gäste wie Balzac und Victor Hugo. Schräg gegenüber wurde der Maler Edgar Degas geboren. In der gleichen Straße machte Maupassant häufig seine Aufwartung bei Emile Zola, den er bei Flaubert kennengelernt hatte, der wiederum häufig an der Tafel der Brüder Goncourt saß, nach denen der bedeutendste französische Literaturpreis benannt ist.

Weiter oben, an der Place St. Georges, bewohnte der portugiesische Marquis de Paiva ein luxuriöses Palais, das heute in einem beklagenswerten Zustand ist.

Nicht weniger beklagenswert war das Schicksal des Marquis, der sich, der dauerhaften erotischen und finanziellen Eskapaden seiner anspruchsvollen Gemahlin überdrüssig, schließlich das Leben nahm. Die Marquise, als russische Emigrantin unter dem Namen Esther Lachmann geboren, und schon als junges Mädchen zielstrebig auf dem Weg aus der Armut in die Anmut, widmete sich fortan verstärkt ihren Talenten und wurde bald die begehrteste Kurtisane im französischen Kaiserreich Napoleon III. Sie nahm ihr Domizil an den Champs-Elysées (heute Sitz des exklusiven Travellers Club), das Palais an der Place St. Georges verfiel zusehends. Verlassen wir das kokette Treiben längst verblichener Kokotten und schließen wir die Tür der vormals seriösen und später eher halbseidenen Salons, um in die populären Niederungen hinabzusteigen, in denen sich unser Freund Nestor Burma heimischer fühlt. Drunten weiter, zwischen der Gare St. Lazare und der langgestreckten Rue de Provence, liegen die belebte Rue Mogador und die Rue Joubert, in der Iwan Kostenko in seiner Dienstbotenkammer hauste. Dort trieb sich Burma herum, auf der Suche nach den Geheimnissen um das ominöse Skelett. Noch immer (und sicher auch weiterhin) warten dort die ehrbaren Dirnen des Viertels auf Kundschaft.

Zum Boulevard Haussmann sind es nur wenige Schritte. Er verdankt seinen Namen jenem Baron Haussmann, dem die Autofahrer heute noch von Herzen dankbar sein müssen, den

In der Rue Joubert wohnte Iwan Kostenko, der Mann mit dem Skelett

nostalgische Paris-Liebhaber aber heute noch postum zum Teufel wünschen. Haussmann hatte, wie der Name verrät, deutsche Vorfahren. Seine folgenschwere Karriere verdankte er jedoch keineswegs seinem germanischen Geblüt als vielmehr seinem Einfluß bei Napoleon III., der ihn zum Präfekten ernannt hatte. Angeblich wußte er um ein amouröses Abenteuer seines kaiserlichen Gönners, der Haussmanns Tochter geschwängert haben soll. Der Baron nutzte seine Macht zu zweifelhaften finanziellen Transaktionen, vor allem aber zur Durchführung ehrgeiziger städtebaulicher Projekte, die der Hauptstadt einen Kahlschlag bescherten, der ganze Stadtviertel vom Erdboden verschwinden ließ. Teilweise zu Recht übrigens. Sanierungsarbeiten waren dringend vonnöten. Paris drohte an sich selbst zu ersticken und Haussmann ist auch anzurechnen, daß er der Stadt eine grüne Lunge einpflanzte und eine Vielzahl neuer Parkanlagen schuf. Immerhin wagte sich der „Bauchaufschlitzer", wie ihn seine Gegner verächtlich nannten, nicht an den von Zola so bezeichneten „Bauch von Paris", die Hallen. Was seinerzeit – das Auto war noch nicht erfunden – auch kein so dringliches Problem mit sich brachte wie hundert Jahre später. Als der Kaiser stürzte, verlor Haussmann das Amt des Präfekten. Hochbetagt starb er mit 82 Jahren. Offenbar hatte er die Pariser so verschreckt, daß zu Zeiten der lange währenden Dritten Republik das Stadtbild kaum mehr eine kosmetische Korrektur erfuhr. Da Paris glücklicherweise auch von Bombenangriffen weitgehend verschont blieb und letztendlich, allen Drohungen zum Trotz, nicht brannte, blieb es dem engagierten de Gaulle-Nachfolger Pompidou vorbehalten, abermals reinen Tisch zu machen. Ob die in den frühen 70er Jahren in die Wege geleiteten Sanierungsmaßnahmen der Stadt Nutzen gebracht haben, ist eine Frage, deren Antwort wohl erst die Zukunft geben wird.

Daß Haussmann deutsche Vorfahren hatte, läßt sich noch denken. Daß das Wort Boulevard jedoch deutschen Ursprungs ist, ist weitgehend unbekannt. Es ist eine Verballhornung des Bollwerks und tatsächlich verlaufen die großen Pariser Boulevards dort, wo früher einmal im nördlichen Halbkreis von Paris der Festungswall stand.

Die Boulevards nehmen ihren Anfang an der Madeleine-Kirche, in deren Nachbarschaft sich die teuren Delikatessen-

Die Galeries La Fayette. Hier stürzt Kostenko in einem Fahrstuhl zu Tode

Läden angesiedelt haben. Am Boulevard des Capucines liegt das Olympia, die berühmte Pariser Music-Hall, in der nahezu alle, die im französischen Chanson einen unvergessenen Namen haben, aufgetreten sind. Edith Piaf natürlich, Yves Montand, Charles Aznavour, Maurice Chevalier und viele andere. Auch das Kabarett der Folies Bergères liegt im neunten Arrondissement und das kaum weniger bekannte Casino de Paris. Viele Theater sind hier zu Hause, nicht unbedingt die vornehmsten. Auch wenn Jacques Offenbachs Theater „Bouffe Parisienne" nicht mehr existiert – der Can-Can wurde hier an den großen Boulevards aus der Taufe gehoben, nicht etwa am weiter nördlich gelegenen Pigalle.

Zurück zum Boulevard Haussmann. Vergeblich suche ich die Boutique von Sonja und Natascha, aber der Standort des Hauses, in dem der unglückselige Juwelier Omer Goldy sein Zuhause hatte, in der Rue la Fayette, ist leicht zu finden. Ebenso das Café schräg gegenüber, in dem Burma auf Beobachtungsposten ging.

Und auf der Spurensuche nach Tchang-Pous chinesischem

Das chinesische Restaurant des Erpressers Tchang-Pou (im Vordergrund) und das Auktionshaus Drouot (im Hintergrund)

Restaurant in der Rue de la Grange-Batelière werde ich ebenfalls fündig. Allerdings heißt es nicht mehr Concession-Internationale, was ja auch nicht gar zu sehr chinesisch klingt, und das bei Malet beschriebene Vordach ist längst abmontiert. Das Auktionshaus Drouot hat zu Beginn der achtziger Jahre neue Räume bezogen. Ein nüchterner Glaspalast beherbergt nun die zu ersteigernden Antiquitäten oder das, was dafür gehalten wird.

„... ein nie abreißender Strom von allen möglichen und unmöglichen Einrichtungsgegenständen, der aus den Millionen Haushalten, der Riesenstadt hierherfließt und sich aufs neue in diese Wohnungen verteilt. Da eine Vitrine voll von alten Puppenkleidern, in denen nun nicht Kinder, sondern die vorteiltastenden Finger von Trödlern wühlen, dort ein bejahrtes Klavier, auf dem zur Probe geklimpert wird. Puppen, nackt aufgereiht wie auf Seziertischen, Betten mit Matratzen, aus denen das Roßhaar bricht. Springbrunnen für den Garten, und ein unerschöpflicher Vorrat von Kitschbildern, die allesamt auf ganz wenige Motive beschränkt sind ..."

So hat es Hans Dichand in einem Aufsatz über das Drouot beschrieben. Von einem Skelett hat er nichts erzählt. Auch nicht von Zarenschmuck. Dabei ist Drouot alles andere als ein schlichtes Pfandleihhaus. Millionenwerte sind hier schon unter den Hammer gekommen. Die Erstausgabe der Werke Shakespeares wurden hier versteigert, die wertvollen Möbel des für Jahre ins Exil geschickten Victor Hugo und natürlich Bilder, Bilder, Bilder. Der Nachlaß von Delacroix und Ingres, später dann Werke von Manet und Gauguin und Picasso machte hier mit seiner berühmtgewordenen „Familie des Saltimbanques“ zum erstenmal große Kasse.

Vielleicht hat Malet den ominösen Chinesen Tchang-Pou und seine suspekten Geschäfte auch deshalb in die Rue de la Grange-Batelière hineingesetzt, weil hier in der Mitte des vorigen Jahrhunderts ein gewisser Herr Plainemaison einen gut frequentierten spiritistischen Zirkel betrieb. Herr Plainemaison ist längst vergessen, nicht aber einer seiner zunächst sehr skeptischen Gäste, der später selbst zu einem der Symbolfiguren der spiritistischen Wissenschaft wurde: ein aus Lyon stammender Lehrer mit Namen Rivail, der sich als Wiedergeburt des in der Bretagne beheimateten Druiden Allan Kardec sah, dessen Namen er fortan trug. Kardec zählte, nach eigenem Bekunden, zu seinem Mitarbeiterstab neben anderen den Apostel Johannes, Sokrates und den kaum weniger bekannten Napoleon. Durchaus namhafte Bundesgenossen also.

Die Lehre des Allan Kardec, die an dieser Stelle zu erläutern das Ziel unseres Bummels ins Uferlose triebe, fand immerhin eine gläubige Gemeinde, vor allem in den tief katholischen Regionen Lateinamerikas und der Karibik, in der jedoch auch heidnischer Zauberglaube stets fruchtbaren Boden hatte.

Kardec alias Rivail wohnte übrigens in der unweit gelegenen Rue des Martyrs, sein Grab auf dem Père Lachaise ist eines der bestbesuchtesten Pariser Totenstätten überhaupt, gewiß jedoch das bestgepflegteste. Die mit Blumengebinden umlegte und durch fortgesetzte Streicheleinheiten glühender Verehrer blitzblank polierte Bronzebüste des tischerückenden Propheten thront unter einem nachempfundenen Menhir, wie es einem echten Druiden gebührt.

Ebenfalls auf Père Lachaise läßt sich übrigens der Madame Blanchard Reverenz erweisen, deren wagemutig geführtes Leben in der Rue de Provence ein jähes Ende fand.

Madeleine Blanchard hatte zusammen mit ihrem Mann, der übrigens als der Erfinder des Fallschirms gilt, herausgefunden, daß sich der von den Brüdern Montgolfier konstruierte Heißluftballon vortrefflich zu kommerziellen Zwecken nutzen läßt. So wurde sie bald zu einem gefragen Gaststar auf den Jahrmärkten des Landes, wo sie mit allerlei Kunststücken reüssierte. Unerreichter Höhepunkt ihrer Laufbahn sollte eine Attraktion ganz besonderer Art werden. Am 6. Juli 1819 stieg sie über einem Pariser Vergnügungspark in den Abend-

himmel, um hoch in der Luft ein Raketenfeuerwerk abzubrennen. Nach allerlei artistischen Einlagen machte sie sich ans Zündeln. Dabei fing der Ballon jedoch Feuer und stürzte mitten über Paris ab. Die Gondel zerschellte auf einem Hausdach in der Rue de Provence und die verwegene Madeleine Blanchard wurde kopfüber auf die Straße geschleudert. Sie war auf der Stelle tot. Eine spontane Sammelaktion sicherte ihr ein fürstliches Begräbnis.

Das 9. Arrondissement, ein Viertel der Abenteurer. Da fügt sich vortrefflich als Standort das Musée Grévin ein, das Wachsfiguren-Kabinett am Boulevard Montmartre. Das reichhaltige Ensemble wird fortlaufend aktualisiert, so daß kein lebender Staatsmann sicher sein kann, im Verlauf seiner Amtszeit nicht zu einer Probesitzung gebeten zu werden. So verblüffend echt manches wirkt, so wenig soll verschwiegen werden, daß mancher Prominente, der sich vielleicht nur mit der Zusendung eines Paßfotos begnügt hat, nicht einmal von seinen eigenen Anverwandten erkannt würde.

Daß nicht nur das lebende Original, sondern zuweilen auch die Wachskopie Anfeindungen ausgesetzt ist, hat zum Bei-

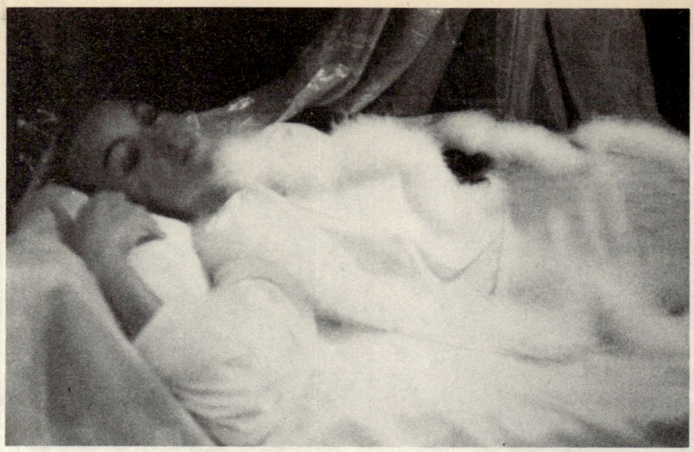

Eine Wachspuppe aus dem Musée Grévin

spiel die Imitation des Kommunistenführers Marchais erfahren müssen. Bis heute unerkannt gebliebene Entführer hatten vor einigen Jahren den Wachs-Marchais aus dem Museum entwendet und im Zoo von Vincennes den Bären zum Fraß vorgeworfen.

Wer sich nach diesem ausgedehnten Spaziergang stärken will, muß nicht unbedingt beim Chinesen Tchang-Pou einkehren. In der Rue St. Georges findet er eines der erstaunlichsten Restaurants von Paris – das angeblich billigste der Welt: die Casa Miguel. Eine nach den Wirren des spanischen Bürgerkriegs geflüchtete Senora bietet dort seit Jahren täglich ein Menü zum schier unfaßbaren Preis von fünf Francs an. Das sind nach derzeitigem Kurs gerade eine Mark und sechzig Pfennige. Inklusive Vorspeise und Nachtisch. Wem das allzu spanisch vorkommt, sei aufgefordert, es nachzuprüfen. Senora Miguel gilt als Passionaria der Bedürftigen, der die benachbarten Metzger und Gemüsehändler die notwendigen Zutaten kostenlos oder zu einem Schleuderpreis abgeben. Daß pünktlich um zwölf Uhr jeden Mittag kein Platz an den wenigen Tischen frei bleibt, versteht sich natürlich von selbst. Und keiner von denen, die dort für das bescheidene Mahl die läppischen fünf Francs auf den Tisch gelegt haben, hat zuvor bei Drouot vorsprechen müssen, um für ein zu versteigerndes Skelett oder gar für Schmuck aus der Schatulle des Zaren die Brieftasche aufzufüllen.

Peter Stephan, im März 1987

Anmerkungen des Übersetzers

1. Kapitel:
Zwei Millionen, Zweihunderttausend Francs: Bei allen Geldbeträgen, von denen im Laufe des Romans die Rede ist, handelt es sich um Alte Francs.

7. Kapitel:
Elvire Prentice: Heldin der Kriminalromane von Maurice-Bernard Endrèbe.

12. Kapitel:
GPU: Gossudarstwennoje Polititscheskoje Uprawlenije (russ. = Staatliche Politische Verwaltung): Bezeichnung der sowjetrussischen Geheimpolizei von 1922 an.

15. Kapitel:
Tscheka: russische Abkürzung für „Außerordentliche Kommission zum Kampf gegen Konterrevolution und Sabotage". Name der 1917 gegründeten und 1922 in die GPU umgewandelten politischen Polizei der Sowjetunion.

Straßenverzeichnis

I/J 14	Rue de la Chaussée d'Antin
I 15	Rue Cadet
I/J 13	Rue de Caumartin
J 14	Place Charles-Grenier
I/J 15	Rue Chauchat
G/H 14	Rue de Douai
I/J 15	Rue Drouot
G/H 14	Rue Fontaine
J 14	Rue Gluck
J 15	Rue de la Grange-Batelière
J 13/14	Boulevard Haussmann
I 13	Place du Havre
I 14	Rue Joubert
J 15	Passage Jouffroy
I 15/16	Rue La Fayette
I/J 15	Rue Le Peletier
I 14	Rue de Mogador
I/J 15	Faubourg Montmartre
I 16	Rue Papillon
(1./2. Arrond.)	Rue des Petits-Champs
J 14	Rue Taitbout
I 14	Place de la Trinité
I 14/15	Rue de la Victoire
G 13	Square Vintimille

Léo Malet

Krimis aus Paris

Bambule am Boul 'Mich'
(12769)

Bilder bluten nicht
(12592)

Corrida auf dem Champs-Elysees
(12436)

Marais-Fieber
(12684)

Die Nächte von St. Germain
(12770)

Spur ins Ghetto
(12685)

Stoff für viele Leichen
(12593)

Streß um Strapse
(12435)

C 2396/1

Boileau/Narcejac

«Trotz ihres zungenbrecherischen Doppelnamens sind die beiden fleißigen Franzosen **Pierre Boileau** und **Thomas Narcejac** für die Krimi-Gemeinde längst ein Begriff. Ihre temporeich und milieugenau abgespulten Geschichten haben stets das Maß an Mysterium, das Mordkommissionen fürchten und Kenner schätzen.» Frankfurter Allgemeine Zeitung

Eine Auswahl der rororo thriller von Boileau/Narcejac:

Appartement für einen Selbstmörder
(thriller 2839)

Aus dem Reich der Toten
(thriller 2716)
Alfred Hitchcock benutzte diesen Erfolgsroman als Vorlage für seinen Film «Vertigo».

Das Geheimnis des gelben Geparden
(Sammelband thriller 2887)

Gesichter des Schattens. Die Gleichung geht nicht auf
(thriller 2963)
«... raffinierte Geschichten, in denen das Verbrechen die Menschen wie ein Alptraum befällt.» Westdeutsche Allgemeine Zeitung

In inniger Feindschaft
(thriller 2913)
Eine bitterböse Geschichte, erfolgreich verfilmt mit Inge Meysel, Hildegard Knef und Micheline Presle.

Das Leben ein Alptraum.
(Sammelband thriller 2721)

rororo thriller

Der letzte Auftrag
(thriller 2980)

Mensch auf Raten
(thriller 2115)
Ausgezeichnet mit dem «Grand Prix des Schwarzen Humors».
«... ein Kriminalroman reinsten Wassers. Der spannendste, den ich bisher gelesen habe.» Ulrich Brockmann im NDR

Tote leben nicht allein. Parfum für eine Selbstmörderin
(thriller 3008)
Er hat sie vor dem Selbstmord gerettet und will ihr helfen, ein neues Leben zu beginnen. Aber es war nicht das erste Mal, daß sie dem Tod entronnen ist. Natürlich gibt es immer Unfälle - aber so häufig?

Harry Kemelman

Harry Kemelmans Held ist Rabbi in einer amerikanischen Kleinstadt: unsportlich, ziemlich kurzsichtig und ein wenig linkisch - aber im Denken am Talmud geschult. Mit kluger Beharrlichkeit, sanfter Skepsis und Unbefangenheit löst David Small seine Fälle. «Man muß diesen Rabbi einfach lieben.» taz

Am Freitag schlief der Rabbi lang
(thriller 2090)
Für dieses Buch erhielt Harry Kemelman den Edgar Allan Poe-Preis.

Am Samstag aß der Rabbi nichts
(thriller 2125)
Als ersten Kriminalroman überhaupt kürte die Darmstädter Jury im Februar 1968 diesen Thriller zum «Buch des Monats».
«Beifall für die Auszeichnung der literarischen Gattung und für die Wahl dieses speziellen Buches.» Der Spiegel

Am Sonntag blieb der Rabbi weg
(thriller 2291)

Am Montag flog der Rabbi ab
(thriller 2304)

Am Dienstag sah der Rabbi rot
(thriller 2346)

Am Mittwoch wird der Rabbi naß
(thriller 2430)

Der Rabbi schoß am Donnerstag
(thriller 2500)
«Immer wieder gibt es wahre Kabinettstückchen an bissiger Entlarvung kleiner Neidereien unter den ehrgeizig-beschränkten Synagogen-Mitgliedern.» Süddeutscher Rundfunk

Eines Tages geht der Rabbi
(thriller 2720)

Ein Kreuz für den Rabbi
(thriller 2860)

Quiz mit Kemelman
Kriminalstories
(thriller 2172)

Gesammelte Werke
Mit Rabbi David Small durch eine kriminelle Woche
10 Bände in Kassette
(thriller 2992)
«Eines der bedeutendsten Ereignisse in der Geschichte der Kriminalliteratur.»
New York Times

rororo thriller

3012/1

Klugmann/Mathews

«Da werden endlich wieder Geschichten erzählt, die so intelligent und spannend sind, die zum Zittern und zum Lachen bringen. Allererste Empfehlung: die subtil anarchistischen Polizeikomödien der beiden Hamburger **Norbert Klugmann** & **Peter Mathews.**» LUI

Beule oder Wie man einen Tresor knackt
(thriller 2675)
«Eine ins Absurde schweifende Geschichte, verzweifelt komische Charaktere und knappe, bitterböse Dialoge.» taz

Ein Kommissar für alle Fälle
Polizeimärchen
(thriller 2700)
Am Anfang war der Schrebergarten, dann taucht Claudia auf, Kommissar Fleischhauer fängt Feuer und doch ist jemand schneller, als die Polizei erlaubt....

Flieg, Adler Kühn
(thriller 2734)
Schüsse fallen, Scheiben klirren... Wissen Sie, wie gefährlich Kaffeetrinken sein kann?

Die Schädiger
(thriller 2771)
Rochus Rose wachsen die Schulden über den Kopf und die Methoden des Geldeintreibers Sänger sind raffiniert, aber nicht ganz legal...

Tote Hilfe
(thriller 2973)
Rochus Rose sucht eine tote Frau und findet eine Verschwörung lebenstüchtiger Rentner mit Namen «Tote Hilfe».

3013/2

rororo thriller

Norbert Klugmann
Die Hinrichtung *Der erste Phil Parker-Roman*
(thriller 2837)
«Wenn die Welt untergeht, möchte ich mit Phil Parker im Bunker sitzen. Oder am Tresen.» tango

Norbert Klugmann
Der Dresdner Stollen *Der zweite Phil Parker-Roman*
(thriller 2891)

Norbert Klugmann
Das Pendel des Pentagon *Der dritte Phil Parker-Roman*
(thriller 2954)
«Der Norbert Klugmann legt ein wahnsinniges Tempo vor und ihm fließen mitunter Dialoge aus der Feder, gegen die hochgerühmte amerikanische Kollegen die reinsten Langweiler sind.»
Süddeutscher Rundfunk

Gemeinsam geben Norbert Klugmann und Peter Mathews das thriller-Magazin **«Schwarze Beute»** heraus.

3022/1

Serientäter

Jo Bannister
Selbstmord wider Willen
(thriller 2894)
Clio Rees kann es nicht fassen: Luke Shaw hat sich getötet. Selbstmord meint die Polizei, aber Clio hat Zweifel...

Robert Brack
Die siebte Hölle
(thriller 2941)
Oldtimer bringen's besser als Bücher, meint der bankrotte Buchhändler Jercy Pacula, und überführt zwei Limousinen nach Lissabon...

Die Spur des Raben
(thriller 2906)

Howard Engel
Ein Opfer muß her
(thriller 2949)
Es hat lange gedauert, bis Privatdetektiv Benny Cooperman in ein eigenes Apartment umziehen konnte. Sein Freund, der Kunsthändler Pambos Kiriakis hat ihm geholfen, und da eine Hand die andere wäscht, sucht Benny jetzt verschwundene Kunstwerke...

Ticket für einen Toten
(thriller 2833)

Frank Göhre
Der Tod des Samurai
(thriller 2832)

Letzte Station vor Einbruch der Dunkelheit
(thriller 2795)
Es ist Ende der 50er Jahre. Am Baggersee wird ein totes junges Mädchen gefunden und für Kommissar Peter Gottschalk ist es der erste eigene Mordfall...

rororo thriller

Ross Macdonald
Reiche sterben auch nicht anders
(thriller 2496)

Triff mich in der Leichenhalle
(thriller 2594)
Die Rechnung der Kidnapper scheint aufzugehen: Der einzige Zeuge der Transaktion war ein Blinder...

Daniel Pennac/ Jean-Bernard Pouy/ Patrick Raynal
Machtspiele
(thriller 2961)
Die drei französischen Erfolgsautoren schrieben reihum je eines der 49 Kapitel. Das Ergebnis: der Plot rast...

Julian Symons
Entscheidung im Kreuzverhör
(thriller 2866)
Für die Partygäste ist die Sache klar: Solomon Grundy hat versucht, die junge Frau zu vergewaltigen. Als sie ein paar Tage später aufgefunden wird, gibt es nur einen Verdächtigen....

Der 31.Februar
(thriller 2871)

3024/1a

Serientäter

Larry Beinhart
Kein Trip für Cassella
(thriller 2873)
Ausgezeichnet mit dem «Edgar» 1986.

Zahltag für Cassella
(thriller 2932)
Bei Privat Eye Tony Cassella steht eine Steuerprüfung an. Genau in dem Augenblick, als er genügend Beweismaterial gegen den Justizminister persönlich zusammen hat...

Bob Cook
Arrivederci Roma
(thriller 2870)
Die Roten Brigaden haben den renommierten Wissenschaftler Scheib entführt. Aber diesmal mischt auch der englische Geheimdienst M16 mit...

Georg Feil
Totgeschwiegen
(thriller 2914)

William Krasner
Auf dunklen Straßen
(thriller 2928)
«... ein finsterer, milieusicher erzählter, bitter realistischer Roman, der den litarischen Vergleich auf hoher Ebene ohne weiteres standhält.» Heinrich Vormweg im Westdeutschen Rundfunk

Blackout
(thriller 2936)

Tod eines Bohemien
(thriller 2938)
Am Tatort wimmelt es von zwielichtigen Künstlergestalten, gescheiterten Intellektuellen und Möchtegern-Bohemiens. Nur der Mörder ist nicht zu entdecken...

rororo thriller

Jerry Oster
Kältesturz
(thriller 2953)
Winter in New York. Der Schnee hat die Stadt im Griff und nicht nur ein paranoider Killer läuft frei herum...

Jean-Bernard Pouy
Verdammte Ferien!
(thriller 2896)
Mit Fünfzehn ist man heilfroh, wenn man die Schule hinter sich und die Sommerferien vor sich hat. Dieses Gefühl verläßt Marcel recht schnell, als er in ein Zugunglück gerät und eine Tote auf ihm liegt...

Volle Dröhnung
(thriller 2856)

Detlef Wolff
Zwölf Jahre zuviel
(thriller 2912)
Carl-Heinrich Heugen ist kein Mensch mit einwandfreiem Charakter. Aber seine Frau hat der Spezialist für chemische Kampfstoffe wirklich nicht ermordet....

3024/1b